KB124412

지켜야 할 세계

제13회
혼불문학상
수상작

지켜야 할

세계

문경민
장편소설

다산
책방

차
례

정윤옥의 시신을 실은 운구차는 그녀가 1년 전까지 일했던 고등학교 정문 앞에 멈춰 섰다. 새벽 어스름이 깔린 아파트 단지 진출입로에는 이른 출근을 하는 사람들이 입김을 올리며 걸어가고 있었다. 운구차에서 두 줄 완장을 찬 젊은 남자가 내렸다. 남자는 닫힌 철제 정문 앞에 서서 윤옥의 마지막 학교를 쳐다보았다.

아무도 없는 학교는 고요하고 쓸쓸했다. 정문 앞을 서성이던 남자가 녹색 철문 앞으로 다가가 문을 흔들었다. 사슬로 잠긴 문에서 절그럭거리며 쇠 부딪히는 소리가 났다. 운전사가 차창 밖으로 고개를 빼고 남자에게 말했다.

"잠겼어요?"

남자가 무어라 말했으나 운전사는 미간을 모으며 "네?" 하고 되물었다. 차로 돌아오는 남자의 눈은 붉게 충혈되어 있었다. 운전사가 다시 물었다.

"선생님, 어떻게 할까요?"

"열쇠가 없어서요."

운전사는 말없이 운전대를 돌렸다. 운구차는 학교 정문 앞 좁은 길에서 전진과 후진을 거듭하며 오가는 사람들의 시선을 모았고 6차선 도로로 진입해 화장터 쪽으로 방향을 잡았다. 윤옥은 봉안당에 안치되는 것으로 60여 년 삶의 모든 절차를 매듭지었다.

윤옥은 중등 국어 교사였다. 사범대학을 졸업한 뒤 서울의 공립 교사로 임용되었으나 3년 차에 파면을 당했고 몇 년 뒤 복직했다. 고등학교에서 국어, 문학, 문법을 가르쳤다. 윤옥은 결혼하지 않았다. 관리직 승진도 준비하지 않았다.

　학교 관리자들은 윤옥을 그다지 좋아하지 않았다. 윤옥이 마지막에 다녔던 학교 동료들의 평가는 엇갈렸다. 어떤 이는 그녀를 고집스럽고 다른 사람을 불편하게 하는 사람으로, 어떤 이는 단단하고 외로워 보이는 사람으로 기억했다. 마지막으로 학생들을 가르쳤던 해에 윤옥은 교실에 자기 책상을 두고 교무실이 아닌 교실로 출근했다. 학부모에게 아동학대 신고 협박과 고소 협박을 당했고 수행평가와 관련된 일로 한 학생과 다투기도 했다.

종업식을 마친 2월 중순의 자정 무렵, 윤옥은 눈 내리는 밤길을 나섰다. 눈이 소복이 쌓인 빌라 단지의 오르막길을 걷다가 넘어졌고 도로 턱에 머리를 부딪혀 정신을 잃었다. 윤옥은 새벽기도를 하러 가던 여자에게 발견될 때까지 상당 시간 동안 방치되었다.

윤옥은 혼수상태로 1년을 더 살다가 숨을 거두었다.

1부

———

누나, 안녕

– 1 –

식사를 마친 윤옥은 휴지로 입가를 닦았다. 휴지에 립스틱과 토마토소스가 묻어났다. 적당한 포만감이 올라왔으나 가라앉은 기분은 여전했다. 윤옥은 식탁 위에 놓인 메뉴판 문구를 다시 한번 읽었다.

굴라시 스튜. 일곱 시간을 끓인 소고기 스튜에 파스타와 수란을 얹은 동유럽 음식.

처음 먹어보는 음식이었다. 60년을 살아왔는데도 처음 맛본 음식이 있다는 게 반갑기도 했다. 시큼하고 달기도 한 게 풍미가 독특했고 색감도 먹음직스러웠다. 윤옥은 스튜가 반쯤 남은 우묵한 접시 옆에 포크와 숟가락을 가지런히 놓아두었다. 속이 더부룩해지면서 은근한 불쾌감이 올라왔다. 특별히 몸에 이상이 있어서는 아닐 거라며 윤옥은 습관처럼 고개를 내미는 건강 걱정을 눌렀다.

건물 건너편 2층에 코인 노래방 간판이 보였다. 붉고 노란 LED 불빛에 눈이 시려서 창밖에 시선을 두기 어려웠다. 원목 사각 테이블 일곱 개가 놓여 있는 식당에는 연인으로 보이는 남녀와 윤옥뿐이었다. 디저트까지 다 먹은 남녀는 계산대로 걸어가 값을 치렀다. 셰프가 계산대로 나와 음식이 입에 맞으셨냐는 말로 인사를 건넸다. 경쾌한 대답과 상냥한 미소가 오갔다. 이제 식당에는 셰프와 윤옥만 남았다. 셰프는 계산대에 두 팔을 얹고 윤옥을 향해 말했다.

"다 드신 거 맞죠?"

"네."

셰프는 윤옥의 테이블로 다가와 접시와 식기를 치웠다. 물소리와 설거지 소리, 달그락거리며 정리하는 소리가 들렸다. 식탁 위에 올려놓은 핸드폰에서 진동이 울렸다. 윤옥은 쇼퍼백 안에 넣어둔 돋보기안경을 꺼냈다. 아들 상현이 보낸 메시지인가 했으나 스팸 문자였다. 윤옥은 메시지 창을 닫고 포털사이트에 올라온 뉴스를 읽었다. 교육감 비리에 대한 수사 속보가 화면 한가운데에 떠 있었다. 뉴스 링크를 누르자 핸드폰 화면 가득히 정훈의 얼굴이 떴다.

굳은 얼굴로 교육청 현관에 들어가는 정훈은 군색하고 지쳐 보였다. 새까만 머리카락을 뒤로 넘겨 훤히 드러낸 이마에 검은 반점과 깊이 팬 주름이 보였다. 뉴스 내용은 심각했다. 정훈의 인사 비리 정황이 포착되어 수사가 시작됐다고 했다. 혐의는 승진 뇌물. 기사에는 정훈이 건당 수천만 원을 챙긴 것으로 보인다며 관련자들이 줄줄이 소환될 예정이라고 적혀 있었다. 정훈이 받게 될 형량에 따라 교육감 선거를 다시 해야 하는 상황이 생길 수 있다고도 했다.

윤옥은 돋보기안경을 쇼퍼백에 넣었다. 정훈의 비리 뉴스를 처음 봤을 때만큼은 아니었지만 어지럼증이 일었다. 결국 이렇게 됐구나, 하는 생각이었다. 대학 시절 정훈이 자신에게 했던 말들이 떠올랐다. 민들레 야학에서 함께했던 30여 년 전 시절이 머리를 스쳐 지나갔다. 그 시절 정훈이 저질렀던 일을 생각하자 해묵은 분노가 올라왔다. 정훈의 몰락은 기정사실로 보였다. 궁지에 몰린 정훈의 모습을 내려다보는 기분은 여러 가지로 복잡했으나 그중에는 고소해하는 마음도 섞여 있었다.

많은 시간이 지났고 많은 것이 변했다.

윤옥은 밤색 검버섯이 곰팡이처럼 피어오른 손등을 문질렀다. 쉰다섯에 올라오기 시작한 검버섯은 해가 갈수록 짙어졌고 개수도 늘어났다. 얼굴에는 전에 없던 굵은 주름이 생겼고, 시력이 급격히 떨어졌으며, 밤에 잠이 오질 않아서 즐겨 마시던 커피를 끊어야 했다. 삶이 단순해졌지만 반복되는 일상이 딱히 지겹지는 않았다. 감정마저 뭉툭해져서 이제는 외로움에 어쩔 줄 몰라 하던 일이 오래전 추억 같았다. 자신을 동여매고 있던 감정의 매듭들이 헐거워진 게 나쁘지 않았지만 살을 파고들던 서릿발 같은 마음들이 때때로 그립기도 했다.

요즘 들어 만나보고 싶은 예전 사람들이 하나둘 마음에 떠올랐다. 만나러 가볼까, 연락이라도 해볼까, 하는 생각으로 이어지기는 했으나 결국은 실행에 옮기지 않을 마음이었다. 그래도 보고 싶은 마음은 이따금 떨어지는 빗방울처럼 윤옥의 마음에 툭, 툭 떨어져 어두운 자국만 남기고 조용히 스며들었다. 수업을 준비하다가도, 신호등을 기다리다가도, 밥을 먹고 설거지를 하다가도 누구누구는 잘 살고 있으려나, 하는 생각에 하던 일을 잠시 멈추기도 했다. 그들과 함께했던 일들이 꿈에 나오기도 했는데 가끔은 꿈에서 본 장면들이 기억과 달라 혼란스러웠다. 정훈은 윤옥의 꿈에 여러 차례 다른 모습으로 등장한 사람이었다.

윤옥은 핸드폰에 뜬 정훈의 사진을 내려다보았다. 창밖에서 건물을 감싸고 도는 바람 소리가 들렸다. 마음이 흔들리는 것 같았다. 아무리 그래도 한 번은 정훈을 봐야 하지 않을까. 민들레 야학에서 함께했던 정훈이 유학을 다녀온 뒤로 교수가 되고 교육감 자리에 오를 때는 들지 않았던 생각이었다. 정훈이 위기에 몰렸다는 것을 확인했기 때문에 불거져 나온 사특한 생각일지도 몰랐다.

주방에서 나온 셰프는 한숨을 내쉬며 녹색 줄무늬 두건을 벗었다. 두건으로 감쌌던 구불구불한 와인빛 머리칼이 어깨까지 내려왔다. 윤옥은 핸드폰을 껐다.

셰프가 말했다.

"조명 좀 줄여도 되겠죠?"

"그러시죠."

셰프는 식당의 불을 반쯤 껐다. 구부린 손가락으로 머리칼을 정돈하고 긴 한숨을 쉬며 목과 어깨를 풀었다. 그러곤 전자담배의 버튼을 꾹 누르며 말했다.

"경기가 별로네요."

윤옥은 고개를 주억거리며 유리컵에 물을 따랐다. 유리컵 표면에 맺힌 물방울을 문지르며 셰프가 다가오기를 기다렸다. 셰프는 손에 쥔 전자담배를 건들거리며 윤옥이 앉아 있는 테이블로 걸어왔다. 눈꼬리가 고양이처럼 올라간 여자였다. 어둑한 조명 아래에서도 얼굴에 잡힌 주름과 기미가 눈에 들어왔다. 윤옥보다 열 살쯤은 어려 보이는 분위기였으나 태도는 이 공간의 주인이라는 걸 보여주듯 당당했다. 셰프는 양 팔꿈치를 테이블에 대고 살집이 접힌 아래턱을 오른손 엄지로 문질렀다.

셰프가 말했다.

"고등학교 국어 선생님이시라고 했죠? 아는 분만 오시는데, 어디서 들으셨어요?"

교무실에서 들었다. 결혼 날짜를 잡으려는 여선생들의 수다로 알게 된 집이었다. 셰프가 사장인데 점도 본다고 했다. 드러내놓고 점을 치는 것은 아니지만 알음알음 입소문을 탄 점집 레스토랑이었다. 점을 하루에 한 명만 본다고 해서 일주일 전에 예약해야 했다.

"어쩌다 보니 알게 됐어요."

셰프는 고개를 하늘하늘 주억거리며 작은 수첩을 꺼냈다.

"바로 본론 들어가죠. 생년월일이?"

"1963년. 3월 8일. 축시입니다. 이름은 정윤옥."

셰프는 안경을 꺼내 쓰고 수첩에 볼펜을 놀렸다.

"저는 신기만으로 점을 보지는 않아요. 들으셨죠?"

윤옥은 고개를 끄덕였다. 셰프는 뭔가를 계산하는지 창밖을 바라보며 입술을 달싹거렸다. 그러다 문득 생각났다는 투로 윤옥에게 말을 건넸다.

"뭐가 궁금하신 거죠?"

윤옥은 낮은 소리로 대답했다.

"동생을 찾아요. 이름은 정지호. 남자. 1965년 12월 17일생. 태어난 시간은 역시 축시. 제가 열 살 때 헤어졌어요. 어디 있는지 모르겠어요. 살았는지 죽었는지도 모르고."

셰프는 손톱으로 테이블보를 긁으며 이것 봐라, 하는 얼굴로 윤옥을 바라보았다. 윤옥은 유리컵의 양각 꽃무늬를 엄지로 어루만졌다. 맞은편에서 셰프의 목소리가 들렸다.

"그러니까…… 대략 50년 전에 헤어진 동생을 찾는다? 살았는지 죽었는지도 모르는?"

윤옥은 조용히 고개를 끄덕였다. 셰프가 후후, 코웃음 소리를 내고는 고개를 주억거리며 수첩을 덮었다.

"혹시 동생이 아팠어요?"

아픈 게 아니라 장애가 있었다. 지호의 뇌병변장애는 혼자서는 앉지도 못할 정도로 심각했다. 윤옥과 8년을 함께 살았던 동생이었다.

셰프의 목소리가 이어졌다.

"가끔 있어요. 한풀이하려고 점 보는 사람들요. 그럴 때면 저는 좀 난감해요."

이런 점은 보고 싶지 않다는 의미였다. 윤옥은 잠시 생각했다. 지호를 찾는 게 한풀이일까. 지호를 생각하는 자신의 마음에 원한이나 울분이 서려 있는 것은 아니지만 슬프고 죄스러운 기운이 감도는 것은 맞았다.

윤옥이 이렇다 할 반응을 하지 않자 셰프는 고개를 끄덕이며 전자담배를 한 모금 더 빨았다. 윤옥 옆으로 딸기 향을 품은 연기가 곧게 뻗어나가다 서서히 흐려졌다.

"상담한다 치고 동생 얘기를 하세요. 저, 다른 사람 얘기도 잘 들어요. 어쩌면 점 보는 것보다 나을 수도 있어요."

윤옥은 눈을 내리깔고 자기 마음을 살폈다. 그리고 옅게 웃으며 대답했다.

"아뇨. 괜찮아요."

셰프는 "그럴까요?" 하고 말하며 전자담배를 한 모금 더 빨았다. 윤옥은 일어서서 의자에 걸쳐두었던 갈색 오버코트를 들고 고개를 살짝 숙였다. 셰프도 웃는 낯으로 윤옥에게 인사를 건넸다.

윤옥은 코트로 마른 몸피를 감싸고 식당을 나섰다. 한산한 복도를 지나 엘리베이터를 타고 1층으로 내려와 상가 건물 현관을 빠져나왔다. 늦은 밤거리에는 사람들이 많았다. 윤옥이 핸드폰을 켜자 채팅 메시지 알림음이 울렸다. 윤옥은 핸드폰을 확인했다. 아들 상현이 보낸 메시지가 떴으나 글자가 흐릿해서 핸드폰 화면의 문장이 얼른 읽히지 않았다. 윤옥은 핸드폰과 눈 사이의 거리를 조절했다.

– 우렁각시가 또 다녀갔나 봐요. 문 앞에 반찬통 있어요. 혹시 연애?

상현의 메시지 아래에는 익살스러운 이모티콘이 붙어 있었다. 수연이 다녀간 거였다. 한 달 만의 방문이었다.

– 냉장고에 잘 넣어둬.

– 어디셔요? 핸드폰도 꺼놓으시고.

– 잠깐 나왔어. 긴장 풀지 마. 수업 실연 연습 잘하고.

– 네!

상현은 대학 졸업 후 첫 직장이었던 학습지 회사에서 퇴사한 뒤 다시 직장을 잡지 못했고 3년 전부터 중등 국어 교사 임용을 준비해 왔다. 그리고 한 달 전, 상현은 중등 국어 교사 임용 1차 시험에 합격했다. 1차 시험 합격은 임용시험 준비 3년 만에 처음이었다. 2차 수업 실연과 심층 면접을 통과하면 상현도 자리를 잡게 될 터였다. 윤옥은 상현이 보낸 메시지를 다시 내려다보며 깊은 한숨을 내쉬었다.

윤옥에게는 과분하다 싶을 만큼 좋은 아들이었다. 사근사근하고 속이 깊었다. 선물처럼 찾아온 아이였다. 어릴 때 두어 차례 크게 마음고생시킨 것 말고는 기억에 남을 정도로 속 썩인 일이 없었다. 상현의 나이도 이제 서른셋이었다. 아들의 나이를 실감할 때면 윤옥은 자신의 서른 시절을 떠올리곤 했다. 당시 윤옥은 해직 교사였고 노량진 학원가에서 학생들을 가르치며 고달픈 젊은 시절을 보내고 있었다.

윤옥은 핸드폰을 코트 안주머니에 넣고 거리로 나섰다. 눈을 쪼는 것처럼 비치는 간판 불빛에 윤옥은 자기도 모르게 인상을 썼다. 맞은편에서 걸어오는 사람들이 많아 자주 어깨를 비틀어 길을 내줘야 했다. 사람이 많은 거리였다. 사람이 넘치도록 많은 거리였다. 윤옥은 건널목 앞에 서서 신호가 바뀌길 기다렸다. 밀려드는 차로 도로마저 번잡해서 정신이 어지러이 흩어지는 듯했다. 윤옥 앞으로 덤프트럭이 지나가면서 둔중한 경적을 울렸다.

- 2 -

  윤옥은 교재와 노트북을 챙겨 들고 1학년 4반 교실로 향했다.
1학년 4반은 여학생 반이었고 수업 집중도가 다른 여학생 반에
비해 높은 편이었다. 윤옥은 걸어가면서 학생들 사진과 이름을
함께 출력한 명렬표를 훑어보았다. 1년을 보내고 1월 말이 됐는
데도 얼굴과 이름이 완전히 붙지 않았다. 수업 중에 학생들 이름
이 생각나지 않아 명렬표를 찾아보는 일이 예전보다 잦았다.

  학생들이 오가는 복도를 걷는데 코가 시렸다. 날이 맑아 복
도 또한 밝았다. 교실 창가 쪽에서는 운동장과 아파트 단지만 보
였으나 복도 쪽에서는 멀리 겨울 산이 보였다. 학교 뒤편 주차장
에는 아이들이 만든 눈사람 서넛이 반쯤 무너진 채 오전 햇살을

받아내고 있었다. 1학년 3반과 4반 복도 사이에서 정혁과 아윤이 안타깝다는 얼굴로 서로의 검지 끝을 마주 대고 연극 대사 같은 말을 주고받고 있었다. "아, 안 돼. 미안해!", "조금 이따가 다시 만나!" 열애 중이라는 소문이 윤옥에게까지 들린 사이였다.

윤옥은 웃는 낯으로 아윤에게 말을 걸었다.

"좋을 때다?"

아윤은 손을 앞으로 모으고 배시시 웃으며 4반 교실 뒷문으로 들어갔다. 윤옥도 앞문을 열고 교실로 들어섰다.

여학생만 서른 명이 앉아 있는 교실에는 따뜻하고 어수선한 기운이 감돌았다. 윤옥이 교탁 앞에 서자 학생들은 하나둘 자기 자리로 돌아가 앉기 시작했다. 윤옥은 교실 끝까지 들릴 만한 소리로 말했다.

"선생님 왔다. 수업 준비해라."

학생들이 교과서를 꺼내는 사이 윤옥은 노트북과 텔레비전의 전원 버튼을 눌렀다. 노트북이 완전히 부팅되기까지는 시간이 더 필요했다. 윤옥은 교탁에 양팔을 짚고 학생들을 둘러보았다. 교실 문가 쪽 자리 하나가 비어 있었다. 시영의 자리였다. 윤옥은 출석부를 펼쳐 출결 상황을 확인했다. 병결 한 명에 미인정결 한 명. 시영은 2교시 뒤에 조퇴한 것으로 표시되어 있었다. 윤옥이 반장을 향해 말했다.

"시영이는?"

반장이 말했다.

"몸 상태가 안 좋아져서요."

윤옥은 고개를 끄덕이며 출석부를 덮었다. 시영이 힘들어했을 거라는 생각에 가슴뼈 아래가 욱신거렸다. 뇌병변장애가 있는 시영은 몸을 제대로 가눌 수 없는데도 어떻게든 수업에 참여하려 했다. 윤옥은 시영의 빈자리로 가려는 눈길을 거두고 칠판에 물백묵으로 단원명을 썼다.

책상에 문법 교과서를 꺼낸 학생은 아직 반도 되지 않았다. 이론 언어학에 바탕을 둔 문법 교과 수업은 어려웠다. 시험 점수를 챙기는 학생이 아니면 배우고 싶어 하지 않았다. 윤옥은 책상 사이를 걸어 다니며 학생들에게 말을 건넸다. "게임은 쉬는 시간에 하자. 핸드폰 집어넣고", "그만 일어나자. 수업 시간이야", "거기, 가방 떨어졌네. 걸어줄래?" 잠에서 깨지 않는 학생이 있어서 책상을 똑똑 두드렸는데 고른 숨소리가 계속 이어졌다. 윤옥은 그대로 돌아서서 교탁 앞에 다시 섰다.

수업 분위기를 다잡는 게 쉽지 않았다. 겨울방학이 끝난 지 며칠 되지 않았고 곧 봄방학이었다. 이 시기에 빡빡하게 교과 수업을 파고드는 교사는 거의 없었다. 윤옥은 칠판에 수업 주제를 적었다.

고대 국어의 음운 이해

희멀건 백묵 물이 글자 아래로 흘렀다. 가루가 날리더라도 딱 따딱 소리가 경쾌했던 예전 백묵이 있었으면 했다. 윤옥은 학생 들을 둘러보며 수업 개요를 마음속으로 되새겼다. 이번 수업에 서는 까다롭고 지루한 국어의 변천 사례를 학생들이 알아듣기 쉽게 설명해야 했다. 명확한 개념 설명이 필요했고 적절한 예를 들어 학생들의 주의를 붙들어야 했다.

윤옥은 또렷한 목소리를 내기 위해 애썼다.

"오늘은 신라 시대 국어의 모습에 관한 보충 수업을 합니다. 작 년 수업에 미진한 부분이 있었어요. 10세기 얘기를 할 거고요."

10세기라는 말이 웃겼는지 학생 몇이 키득거렸다. 윤옥이 픽 웃으며 힘주어 말했다.

"그래, 십 세기."

몇이 더 웃었고 주의가 좀 더 모아졌다. 윤옥은 말을 이어갔다.

"이 당시 사람들이 어떤 식으로 대화했는지 우리는 정확히 알 수 없어요. 녹음기도 없었고."

미정이 장난스레 말했다.

"십 세기니까요."

다른 학생들이 야야, 하며 야유를 보냈다. 미정은 손가락으로

V 자를 그리며 야유에 화답했다. 받아줘서는 안 되는 말장난이었다. 자칫하면 수업이 흐트러질 수 있으니 주저 없이 밀고 나가야 했다.

"하지만 우리는 당시에 기록한 문자에서 사람들이 어떤 식으로 말하고 썼을지 짐작할 수 있어요. 예를 하나 들어보죠. 마을이라는 단어로."

윤옥은 텔레비전으로 『소학언해』에 나온 '무잘'이라는 단어를 보여주었다.

"지금의 우리로서는 알 수 없는 단어예요. 하지만 우리는 문헌의 앞뒤 맥락을 통해서 이 단어가 '마을'을 의미한다는 걸 짐작할 수 있죠.

우리는 옛날 사람들이 어떻게 이야기를 나눴는지 알 수 없어요. 하지만 문헌 속에 있는 인명이나 지명, 또는 관직명 같은 것을 보면서 추측할 수는 있어요. 자, 지금부터 선생님이 질문을 하나 던질 텐데, 이 질문을 주의 깊게 듣고 대답해 보세요."

절반의 시선이 엉뚱한 곳을 향하고 있었다. 윤옥은 학생들의 시선을 더 얻고 싶었다. 윤옥은 "자, 이제 질문 들어갑니다" 하는 말을 두세 번 재치 있게 바꿔가며 뜸을 들이다가 몸을 획 돌려 칠판에 '得烏失(득오실)'과 '得烏谷(득오곡)'을 속도감 있게 썼다. 이제는 연극하듯이 말투에 변화를 주어야 할 때였다.

"『삼국유사』에는 '득오실'이라는 지명이 나옵니다. 그런데 이 지명을 다른 문헌에서는 '득오곡'으로 썼어요. 질문은 이겁니다."

윤옥은 잠시 호흡을 끊었다가 터트리듯이 질문을 던졌다.

"이게 무엇을 의미할까요?"

일부러 선택한 모호한 질문이었다. 학생들로부터 '실'과 '곡'이 같은 의미로 쓰였다는 추정이 나오기를 바랐다. 차자표기 같은 개념을 사용하여 설명할 수도 있었지만 그보다는 직관적인 대답이 나왔으면 했다. 질문이 효과가 있었는지 답을 생각하려 드는 학생이 제법 많았다.

수업하는 자신의 눈빛이 어떤지 윤옥은 알았다. 수업에서 느꼈던 감흥을 되살리며 욕실 거울 앞에서 지난 수업 일부를 반복해 말해보기도 했다. 수업은 밥 같은 것이었으나 가끔은 기대하지 않았던 성찬을 마주하게 되는 날도 있었다. 그런 수업은 만드는 게 아니라 만나는 것이었다. 그런 수업을 마주한 날이면 윤옥은 온종일 행복했다. 오케스트라의 지휘자가 된 것 같았다. 수업 시간 동안 학생들과 함께 하나의 곡을 완성시킨 것 같았다. 가끔은 지휘봉을 내던지고 학생들 사이에 묻혀 오보에나 하모니카, 일렉트로닉 기타를 연주했다. 윤옥은 손뼉을 치며 웃었고 학생들과 농담을 주고받았고 아슬아슬하게 선을 넘나드는 학생들의 말도 너그러이 받아주었다. 그런 일에 나이는 아무런 걸림돌이 되지 않았다.

수업은 순조롭게 진행됐다. 향가의 해석을 설명하는 것으로 수업을 마무리 지을 참이었다. 운동장 쪽 창가에 앉은 학생들이 복도를 흘끗거렸다. 복도에서 낯익은 중년 여자가 교실 안을 건너다보고 있었다. 시영의 장애인 활동 지원사였다.

윤옥은 수업을 끊고 교실 문을 열었다. 전동휠체어에 탄 시영이 윤옥 쪽으로 고개를 돌리려 애썼다. 고개가 잘 돌아가지 않자 오른손 팔걸이에 부착된 스틱을 움직였고 여섯 개의 바퀴가 달린 육중한 기계 뭉치가 부드러운 모터 소리를 내며 회전했다. 장애인 활동 지원사가 쑥스럽다는 얼굴로 윤옥에게 말했다.

"시영이가 선생님 수업을 꼭 듣고 싶다고 해서요. 그새 몸도 나아지고 해서 데려왔네요."

장애인 활동 지원사의 손에는 보완 대체 의사소통 앱이 깔린 태블릿 PC가 들려 있었다. 시영이 윤옥을 향해 아, 하고 말했다. 그 말이 맞다는 의미였다.

윤옥은 허리를 숙여 시영을 가볍게 안았다. 시영이 고개를 돌리며 작은 소리로 또 아, 하는 소리를 흘렸다. 시영이 이렇게 말할 때마다 윤옥은 가슴이 아팠다. 유난히 가늘고 부드러운 시영의 머리칼이 윤옥의 뺨과 턱을 간질였고, 윤옥은 그것이 그만 서러워 눈시울을 붉히고 말았다. 윤옥은 시영의 어깨를 쓸어주며 말했다.

"애썼다. 고맙다, 시영아."

윤옥은 5분가량 남은 수업을 마무리했다. 노트북과 교재를 챙겨 들고 교실에서 나와 복도를 걸었다. 수업이 끝난 복도는 활기찼다. 윤옥은 복도를 걸으며 방금 수업 시간에 미정이 했던 질문을 곱씹었다.

"단어의 의미랑요, 문장의 규칙들이요. 그게 대체 어떻게 해서 생긴 거예요?"

좋은 질문이었다. 그 질문도 좋았으나 미정이 시비 거는 투로 "그냥 우연히 생긴 거 아녜요?" 했던 말이 마음에 남았다. 그게 바로 구조주의 언어학자 소쉬르가 했던 생각이라고 짚어주자 미정은 다시 한번 손가락으로 V 자를 그리며 학생들이 오오, 하는 탄성을 기꺼이 받았다.

학생들에게 소쉬르의 아이디어를 전해주고 싶었다. 언어학은 묘한 깊이가 있는 학문이었다. 테크니컬한 학문이었다. 자연과학 법칙을 이해했을 때 느끼는 뿌듯함이 언어학에도 있었다. 그 쾌감의 일부를 학생들과 공유하고 싶었다.

윤옥은 복도를 걸으며 다음 수업을 생각했다. 수업 흐름을 되새기고 핵심 발문을 어느 시점에 던지는 게 좋을까 생각했다. 복도 창가에 서 있는 정혁과 아윤이 보였다. 둘은 손을 잡고 창밖 겨울 풍경을 내다보고 있었다. 윤옥은 말없이 웃으며 발소리를 죽였다. 한껏 충만한 그들의 표정을 보며 '그래, 정말 좋은 시절이 구나' 하고 생각했다.

– 3 –

윤옥은 수업을 모두 끝내고 1학년 교무실로 들어갔다. 오늘 중으로 처리해야 하는 공문이 두 개였다. 교사 여덟 명이 사용하는 1학년 교무실은 조용했다. 윤옥은 자기 책상 앞에 앉아 컴퓨터를 켰다. 가슴 한복판에 무지근한 압박감이 들어 걱정스러웠다. 한 달 한 달 계단을 내려가는 것처럼 몸이 늙어가는 것 같았다. 윤옥은 보온병을 꺼내어 머그잔에 대고 기울였다. 달큼한 대추차 냄새가 수증기와 함께 퍼졌다. 차를 조금씩 마시며 다음 수업을 준비하는데 교무실 문이 열렸다.

"정윤옥 선생님 오셨나요?"

교무부장이 문 안으로 상반신만 들이민 채 말했다. 윤옥이 "네,

부장님" 하고 말하는데 교무부장의 말이 바쁘게 따라붙었다.

"전산실에서 교감 선생님이 보자고 하시는데요."

"저를요?"

교무부장은 민망한 표정을 지으며 문을 닫았다. 윤옥은 대추차를 마시며 무덤덤한 표정을 지으려 애썼다. 전산실은 서버만 있는데도 응접탁자와 소파를 놓아둔 곳이었다. 그곳에서 교감은 사고 친 교사나 민원을 받은 교사를 따로 만났다. 요즘에는 새 학년 인사 문제로 몇몇 교사들이 전산실로 불려 가곤 했다. 교감은 어느 학년, 어느 부서에도 끼워 넣기 난감한 교사들을 배치하기 위해 어떤 조건을 제시하거나 은근히 부담을 주는 식으로 문제를 해결하곤 했다.

윤옥도 그 대열에 들어갔다는 뜻이었다. 윤옥은 자기도 모르게 주변을 둘러보았다. 다른 교사들은 말없이 자기 할 일에 몰두한 듯했다. 윤옥은 쓴웃음을 지었다. 다들 눈만 모니터에 두었을 뿐 감각은 온통 윤옥의 반응에 쏠려 있을 것이었다. 혼자인 느낌이 익숙했지만 이런 순간에는 씁쓸했다.

교감이 전산실로 윤옥을 부른 이유는 담임 배정 문제 때문일 터였다. 작년 12월, 윤옥이 업무 지원서를 냈을 때부터 교감은 곤란해하는 얼굴이었다. 윤옥은 지원서에 2학년 문과반을 담임하겠다고 표기한 뒤 뇌병변장애가 있는 시영의 담임을 맡고 싶다고 따로 적었다. 교감은 두 손으로 지원서를 들고 시험 문제를 검수하듯 찬찬히 살펴보더니 "일단은 알겠습니다" 하고 말했다.

다섯 살 아래의 교감과 말을 섞는 것은 여러모로 불편한 일이었다. 무엇 때문인지 윤옥을 대하는 교감의 시선에는 경계심과 우려하는 듯한 기운이 흘렀고 윤옥은 그런 교감의 태도가 거슬렸다.

윤옥은 창밖을 쳐다보았다. 목련 나무 가지가 교무실 유리창을 따닥따닥 두드렸다. 바람에 흔들리는 가지에는 생기가 없었다. 꽃눈도 맺지 못한 가지였다. 가습기가 쿨렁거리며 물을 먹었고 키보드 소리가 타작타작 울렸다. 윤옥은 눈을 감았다. 죽은 물고기처럼 보이고 싶지 않았다. 자기 입장만 고집하는 사람으로 비치고 싶지도 않았다. 그저께 교무부장이 식판을 들고 윤옥이 있는 테이블로 왔던 일이 생각났다. 이제 곧 정년퇴임인데 좀 편하게 지내셔도 되지 않느냐고, 정 담임을 하고 싶으면 1학년을 받는 건 어떠냐고 교무부장은 너스레를 섞어 이야기했다. 은근히 권하는 투가 언짢아서 다 먹지도 않고 먼저 일어섰다.

그것도 교감의 지시였을까. 어쩌면 2학년 부장으로 내정된 이가 교감에게 윤옥을 다른 학년부로 보내달라고 사정했을지도 몰랐다. 눈치 없이 고집만 부리는 선배로 비칠까 싶어 마음이 움츠러들었다. 교무부장이 권하는 대로 몸 편하고 마음 편한 일을

맡아 정년까지 있는 듯 없는 듯 지내는 것도 생각해 볼 법한 일
이었다.

그러나 그게 싫었다.

속에서 저항감이 움찔거렸다. 작년에 가르쳤던 1학년 국어 수
업을 2학년 문과반에서 이어가고 싶었다. 현대 세계문학 작품
을 참고 자료로 활용했던 수업이었다. 마르케스, 카프카 같은 이
름을 입에 올리며 은근히 뻐기던 학생들의 얼굴을 다시 보고 싶
었다. 입시에서 좋은 성적을 올리는 데 직접적인 도움이 되는 건
아니어도 윤옥은 자신의 수업이 자랑스러웠다. 무엇보다 2학년
문과반에는 시영이 있었다. 윤옥은 그 아이를 자기 그늘에 두고
싶었다.

윤옥은 책상 서랍을 열고 노란 표지의 서류철을 꺼냈다. 작년
에 학생들이 냈던 수업 소감문을 정리한 서류철이었다. 윤옥은
학생들의 손 글씨가 적힌 종이를 쓰다듬었다. 고등학교 1학년 학
생들의 글이라 보기 어려울 만큼 좋은 소감문이었다. 표현이 직
설적이고 머뭇거리는 기색이 없었다. 도스토옙스키의 소설이 너
무 구질구질하다는 식의 치기 어린 글도 있었는데 나름 당찬 맛
이 있었다. 윤옥에게 익숙하지 않은 어휘들은 신선했다. 단락을
구분하라는 지침을 무시한 글도 있었지만 거듭 읽다 보면 나쁘
지 않았다.

윤옥은 서류철에서 마음에 드는 소감문 몇 장을 빼냈다. 교감에게 이거라도 들이밀어 보아야겠다고 생각했으나 자신이 없었다. 상대가 무례해지기로 마음먹으면 구겨지고 마는 입지였다.

전산실 문을 열었다. 컴퓨터 냄새가 났다. 교감은 소파에 앉아 핸드폰 화면을 손가락으로 밀어 올리고 있었다. 윤옥은 웃는 낯으로 고개를 반쯤 숙였고 교감도 마주 인사를 했다. 윤옥이 맞은편 소파에 앉자 교감이 입가를 당겨 올리며 말했다.

"잘 지내시죠?"

윤옥은 "네, 덕분에요" 하고 말하며 조금 웃어 보였다. 교감은 손으로 꺼칠한 턱수염을 쓸며 헛기침을 했다. 난처한 기색을 비치는 것으로 말을 시작하려는 모양이었다.

"제가 시간이 없어서요. 이번 업무 배정 말입니다."

저돌적인 태도였다. 윤옥도 응수해야 했다.

"네. 2학년 문과반 담임을 하고 싶네요."

"알고 있습니다만."

윤옥은 학생들의 수업 소감문을 내밀었다.

"이것 좀 봐주세요. 아이들 글에 생동감이 있어요. 깊이 있는 사고도 인상적이고요. 이런 수업이라면 분명히 의미 있을 거예요. 작년에 이어서 가르치면 더 좋은 결과가 나올 거고요."

교감은 한숨을 쉬면서 소감문에 눈길을 주었다. 찬찬히 살펴보고 있다는 인상을 주고 싶어 하는, 그런 생각이 읽히는 태도였다. 교감의 반응을 살펴보는데 주머니에서 핸드폰 진동이 울렸다. 윤옥은 서둘러 통화 종료 버튼을 눌렀다. 엄마에게서 온 전화여서 순간 정신이 산란했다. 교감이 소감문을 내려놓으며 말했다.

"대단하네요. 선생님 수업의 탁월함을 인정하지 않는 사람은 없을 겁니다. 하지만 인문계 공립학교 입장에서 엘리트 교육만 할 수는 없으니까요. 작년에 들어온 학부모 민원도 그런 얘기였죠."

교감은 탁자 아래에서 서류철을 꺼내어 소감문 위에 올려놓았다. 윤옥은 서류철을 열었다. 그 안에는 '교사 정윤옥 국어 수업 관찰 분석 보고서'라는 제목의 문서가 있었다. 윤옥이 처음 보는 문서였다. 교감이 딱하다는 투로 말했다.

"그때 선생님 수업을 촬영한 동영상을 보고 학부모들이 분석한 보고서예요. 기억하시죠? 학부모들이 요구했던 수업 촬영 말입니다. 선생님도 동의하셨잖습니까. 학부모들이 기어이 이런 걸 만들어서 작년 말에 저희한테 보내줬어요. 선생님께는 일부러 보여드리지 않았습니다."

윤옥은 교감의 눈을 쳐다보았다. 착잡하고 심란한 얼굴이었다. 교감이 말을 이었다.

"이런 말씀 드리기가 죄송하지만, 학부모들 민원이 좀 있었습니다. 보고서에도 적혀 있고요. 한번 보시죠."

윤옥은 자신의 수업을 분석했다는 문서를 한 장 한 장 넘겨보았다. 막대그래프와 원그래프가 있는, 컬러로 인쇄된 다섯 장짜리 문서였다. 마지막 장에는 학부모들이 적은 감상평이 적혀 있었다.

다른 반과 수업 내용이 맞지 않아서 중간고사 기말고사를 망쳤음.

교과서에도 없는 언어학 수업을 했음.

교사가 학생들에게 힘주어 질문했으나 참관자로서는 질문의 맥락을 이해할 수 없었음.

교과서를 사용하지 않았음.

학생들도 못 알아듣겠다는 분위기였음.

대안학교 수업을 공립학교에서 하고 있음.

교감은 깍지 낀 손을 꼼지락거렸다.

"다른 반 국어 수업이랑 보조를 맞추셨다면 좋았을 텐데요. 누가 그러더군요. 선생님 수업에는 날이 서 있다고요. 선생님은 인자해 보이는데 수업은 뾰족하대요. 좋게 말하는 학부모도 있었어요. 애들 상황에는 맞지 않아서 탈이라는 말을 붙이긴 했지만 칭찬은 칭찬이죠."

어지러운 기분이었다. 수업을 두고 섣불리 단정하는 말들이 많아서 윤옥은 마음이 아팠다. 하고 싶은 말은 많았다.

이건 내 수업입니다.

내 수업은 학생들의 눈을 봐야 해요.

내가 던지는 발문을, 내가 만지는 수업의 재료를 주목해야 합니다.

교감이 안타깝다는 투로 말을 이었다.

"요즘 학부모들이 워낙 드세야죠. 재작년에는 교내 토론 대회 심사 문제로 학부모들이 소송까지 걸었잖아요. 아무튼, 이렇게 말씀드리게 돼서 저도 민망하네요."

교감의 말은 평소보다 빨랐다. 윤옥은 보고서를 내려놓았다. 코트 안에서 목덜미 쪽으로 열기가 올라왔다. 땀 흘리는 모습을 교감에게 보이고 싶지 않았다.

"생각을 좀 해보겠습니다."

자리를 피하려는 말이었으나 교감은 윤옥을 놓지 않았다.

"아까도 말씀드렸지만 제가 바빠서요. 정말 죄송합니다만 지금 얘기를 매듭지었으면 하는데요. 그리고 그 반을 맡는 게 정 선생님께 좋을 것도 없습니다. 골치 아픈 애들이 한곳에 몰렸어요. 정말이에요. 맡으시면 1년 내내 골치 아프실 겁니다."

윤옥은 서버에서 규칙적으로 점멸하는 발광다이오드를 쳐다보았다. 교감은 시종일관 조심스러운 태도이면서도 자기 입장을 또렷이 밝혔다. 그런 미묘한 어감이 윤옥은 아니꼬웠다.

"어찌 보면 교권 침해인데요. 제 입장에서는 그렇습니다."

교감은 손사래를 치며 말했다.

"교권 침해요? 아이고 무슨. 정 선생님, 그런 게 아니고요. 다만 선생님 수업이 좀 독특하다는 겁니다. 학교에서는 아무래도 교육 수요자들 입장을 고려하지 않을 수 없으니까요."

수요자라는 말에 가슴이 막혔다. 대화를 끌면 끌수록 비참했다. 교감이 이렇게까지 하는 건 교장으로부터 하명을 받았다는 의미였다. 교감이 소파에 등을 대고 검지와 엄지로 눈과 눈 사이를 문지르며 말했다.

"저는 정 선생님이 좋은 분이라고 생각합니다. 저도 선생님처럼 수업하고 싶을 때가 있었어요. 하지만 정 선생님, 제 입장도 좀 생각해 주시죠. 꼭 2학년 담임을 하셔야겠습니까?"

윤옥은 교감의 눈을 쳐다보았다. 교감은 자연스럽게 눈길을 피했다. 수업 관찰 보고서로 입은 충격 탓인지 할 말이 떠오르지 않았다.

윤옥은 잔기침을 하고 입을 열었다.

"며칠만 기다려주시겠습니까?"

교감은 기쁜 낯으로 감사하다고 말했다. 기다려달라는 말을 자기 좋을 대로 해석한 모양이었다. 윤옥은 교감보다 먼저 일어서서 전산실을 빠져나왔다.

아무도 없는 전산실 복도에는 한기가 돌았다. 복도를 지나는데 현관 전신 거울에 윤옥의 모습이 비쳤다. 윤옥은 호두 색깔 거울 틀 안에 있는 자신을 쳐다보았다. 체념하는 마음으로 거울을 보게 된 지 벌써 십수 년이었다. 거울에 비친 얼굴은 자신이 기억하는 것과 달랐다. 윤옥은 거울에 오른손을 갖다 댔다. 손바닥으로 차가운 기운이 스몄고 거울 표면에 부연 김이 퍼져나갔다. 서글픈 마음에 눈길이 아래로 떨어졌다.

그때 주머니에서 진동이 울렸다. 또 엄마의 전화였다. 순간, 가슴이 두근거렸다. 이 시간에 엄마가 전화하는 일은 드물었다. 윤옥은 서둘러 전화를 받았다.

"엄마?"

엄마는 말이 없었다. 짧은 침묵이 불길했다. 윤옥은 다시 물었다. 괜찮으시냐고. 엄마는 단조로운 목소리로 말했다.

"인천에 와야겠다. 오늘 올 수 있니?"

"네?"

"수림 엄마가 세상을 떴다."

별일 아닌 듯 툭 던지는 엄마의 말에 윤옥은 잠시 말을 잇지 못했다.

"어제. 몸이 버티질 못했어."

마지막으로 수림 엄마를 본 게 언제였나 윤옥은 생각했다. 거의 한 달 전인 1월 1일이었다. 뇌졸중으로 몇 해째 고생 중이던 수림 엄마는 새해 해돋이를 꼭 보고 싶다고 고집을 부렸다. 상현과 윤옥, 그리고 엄마와 수림 엄마는 인천 거잠포구에 갔다. 상어 지느러미를 닮은 섬에 해가 걸리는 걸 보고 와야 한다며 상현이 기세를 올렸지만 구름 때문에 아침노을 보는 걸로 만족해야 했다.

그날 수림 엄마는 차 안에서 더듬거리며 말했다.

"윤옥 엄마, 미안해. 내가 많이."

엄마는 미안해할 일 따위 없다며 자기 손을 잡은 수림 엄마의 손을 토닥였다. 그 말이 윤옥이 들은 수림 엄마의 마지막 말이었다.

윤옥은 교무실로 돌아와 조퇴를 신청했다. 내일이 토요일이어서 연가를 쓸 필요는 없었다.

− 4 −

　수림 엄마의 장례식장은 인천이었다. 윤옥은 장례식장에 갈
준비를 서둘렀다. 도서관에서 돌아온 상현도 검은 정장으로 옷
을 갈아입었다. 윤옥은 문틈으로 상현의 뒷모습과 거울에 비친
앞모습을 바라보았다. 정장 차림의 아들이 말쑥해 보여서 내내
굳었던 얼굴이 풀어졌다.
　윤옥이 물었다.
　"시험 준비 괜찮겠어?"
　"아무리 그래도 수림 할머니 장례식에 빠질 수는 없죠."
　윤옥은 집에 오면서 사 온 까만 넥타이를 건넸다.
　"이거 해."

상현은 넥타이를 들고 머뭇거리기만 했다.

"왜?"

"넥타이 매는 법을 몰라요."

넥타이 매는 법을 모르는 건 윤옥도 마찬가지였다. 상현은 유튜브를 검색해 볼 테니 걱정하지 말라고 했지만 상현이 맨 넥타이 매듭은 어린애 주먹만 했다. 윤옥은 매듭을 매만져 크기를 줄여주었다.

윤옥은 주머니에서 자동차 열쇠를 꺼내 상현에게 건네주었다.

"운전은 네가 해라."

상현은 씩 웃으며 말했다.

"용기가 가상하시네요."

윤옥과 상현은 빌라 2층에서 필로티 주차장으로 내려왔다. 301호 차가 윤옥의 차를 막고 있었다. 상현이 현관 옆에 붙은 인터폰으로 301호를 호출했다. 차가 빠지기를 기다리는 동안 윤옥은 조수석에 앉아 빌라 단지 앞 도로를 바라보았다. 윤옥의 집에 들렀던 수림 엄마가 집으로 돌아가기 위해 버스를 타러 걸어가던 모습이 떠올랐다. 그때 수림 엄마는 잘 걸었고 말도 잘했다. 인천까지 걸어갈 수도 있다며 윤옥에게 배웅 말고 어서 들어가라고 성화였다. 알고 지낸 시간이 50년이었다. 대학에 입학하고 인천 산동네를 떠난 뒤로는 명절에나 보았지만 윤옥의 어린 시절을 떠올리면 장면마다 수림 엄마의 모습이 있었다. 아버지가 돌아가신 뒤 쫓기듯 당도한 인천 산동네에서 만난 사람이었다. 수림 엄마는 엄마에게 방직 공장 일자리를 소개해 주었고 김치나 멸치볶음을 싸 와서 마루에 놓고 가기도 했다.

상현이 운전석에 오르며 말했다.

"금방 내려온대요."

상현은 운전석을 뒤로 조금 밀고 등받이 각도를 조절했다. 혀로 아랫입술을 축이며 기어와 브레이크, 가속 페달의 위치를 확인했다. 상현이 운전면허를 딴 건 5년 전이었지만 상현은 실제로 운전해 본 경험이 거의 없었다.

윤옥이 말했다.

"네 몸이 도로 중앙에서 약간 왼편으로 치우쳐 있다는 기분으로 운전하면 되는 거야. 불안하다 싶으면 천천히 가면 되니까 조급해하지는 마. 욕이야 먹으면 그만이고."

상현이 긴장한 얼굴로 "네!" 하고 대답했다. 앞에 있던 차가 빠지고 상현이 시동 버튼을 눌렀다. 상현은 운전대에 가슴을 바짝 붙이고 조심스레 브레이크에서 발을 뗀 뒤 가속 페달을 밟았다. 중고로 구입한 준중형 승용차는 천천히 빌라 단지를 빠져나갔다. 윤옥은 슬며시 손을 올려 조수석 손잡이를 잡았다.

사위가 어두워져 가고 가로등이 켜졌다. 길이 복잡해지기 시작했으나 상현은 큰 무리 없이 시내 구간을 빠져나왔다. 상현은 후! 숨을 몰아쉬고는 눈썹을 치켜올렸다. 인천으로 향하는 고속 도로를 탄 뒤부터는 여유를 부리며 한 손으로 운전대를 잡기도 했다. 불안은 윤옥의 몫이었다. 앞차와의 간격을 지나치게 좁히 거나 차선을 바꿀 때는 윤옥의 다리가 뻣뻣해지곤 했다.

상현이 물었다.

"수림 할머니 연세가 어떻게 되셨죠?"

"할머니보다 한 살 많으셨으니까 여든셋이셨지."

"어릴 때 같이 살았던 기억이 나요."

상현이 초등학교에 입학하기 전을 말하는 거였다. 엄마와 수 림 엄마가 수림상회를 함께 꾸려가던 시기였다. 출근하고 나면 상현을 맡아줄 사람이 없어서 인천에서 엄마를 모셔 왔고 엄마 는 윤옥과 며칠 함께 살다가 아예 상현을 데리고 수림상회 이층 집으로 갔다. 상현을 데리고 간 날, 수림 엄마는 윤옥에게 기운 차게 말했다.

"윤옥아! 걱정 딱 붙들어 매라잉. 나가 아가들 돌보는 데 도가 튼 사람이여!"

수림 엄마는 산동네 한가운데 자리한 수림상회의 주인이었다. 산동네 사람들은 그녀를 수림 엄마라고 불렀지만 정작 그 집에 는 아이가 없었다.

수림 엄마는 개신교 열성 신자였다. 새벽 네 시면 어김없이 일어나 교회에 갔다. 수요일에는 수요 예배를, 목요일에는 구역 모임을, 금요일에는 금요 철야를 했다. 일요일에도 당연히 교회에 갔다. 수림 엄마는 수림상회 앞을 싸리 빗자루로 쓸면서 찬송가를 불렀다. 구슬 타래를 인 것 같은 새까만 파마머리를 까닥거리며 "내게 강 같은 평화. 내게 강 같은 평화" 하고 흥얼거렸다. 연탄 지게나 물 초롱을 지고 가파른 길을 올라가는 사람들을 보면 "으쌰! 으쌰!" 하고 응원했다.

수림상회는 산동네에서 가장 그럴듯한 곳이었다. 가게 안 뒷방에는 검정 다이얼 전화가 있었고 나무로 짠 선반에는 없는 게 없었다. 꽁치 통조림과 라면, 양초, 맥주, 성냥, 비누 따위를 팔았는데 파는 물건 중에는 알록달록한 풍선과 동그란 종이 딱지도 있어서 학교가 끝나는 시간이면 어린애들이 안타까운 얼굴로 상회 유리창에 다닥다닥 붙어 있곤 했다. 수림 엄마는 손님과 눈을 맞춰 인사했고 손님이 물건을 고르는 중에는 "할머니 감기는 어떠신가?", "그 집은 연탄 구녕을 조심해야 혀" 같은 말들을 늘어놓았다.

수림 엄마는 산동네로 이사 온 윤옥의 집에 처음 찾아온 사람이었다. "여짝도 혼잣감네? 나도 그랴" 하고 대번에 말을 텄다. 윤옥에게 칠성 코라와 해태 사이다를 건네며 "딸내미가 눈이 초

롱초롱하네?"하고 말했고 지호의 상태를 알아차리고는 "흐미 흐미, 어쩜 좋을까나"하며 혀를 찼다. 집 안을 여기저기 기웃거리며 요강이 있어야겠다, 쥐를 얼른 잡아줘야겠다 같은 잔소리를 했다. 수림 엄마는 공동 화장실은 언제 가야 한산한지, 물 초롱은 어디에 있는지, 연탄 가게는 어디가 더 가까운지, 어떤 사람들을 조심해야 하는지 엄마와 윤옥에게 알려주었다. 일요일마다 엄마를 교회에 데리고 간 것도 수림 엄마였다. "교회는 무슨 교회……" 하며 말끝을 흐리던 엄마도 한 번 갔다 오고 나서는 은근히 일요일을 기다리는 눈치였다.

머리 위로 표지판이 지나갔다. 내비게이션에서 잠시 뒤 고속도로 출구로 나가야 한다는 안내가 흘러나왔다. 상현이 당황한 목소리로 물었다.

"여기에서 나가는 거 맞죠?"

차는 아직 1차선에 있었다. 윤옥은 사이드미러를 보면서 차선 바꿀 순간을 일러주었다. 빠른 속도로 달리는 차가 많아 모험하는 기분으로 차선을 바꿔야 했다. 상현의 이마가 땀으로 반질거렸다.

고속도로 출구로 무사히 빠져나온 뒤 윤옥이 말했다.

"괜찮다. 처음 운전할 때는 다 이래."

"다 죽을 뻔했단 말이죠?"

농담조여서 한 번은 짚어줘야 할 것 같았다.

"차는 흉기야. 사람을 죽일 수 있다. 내가 죽을 수도 있고. 그걸 명심해."

"네!"

내비게이션의 안내에 따라 구시가지의 복잡한 도로를 타고 장례식장을 찾아갔다. 장례식장은 주택가에 자리 잡은 4층 병원 지하였다. 차가 장례식 주차장까지 무사히 들어가자 상현이 운전대를 놓으며 후와! 하고 한숨을 내쉬었다. 윤옥이 말했다.

"수고 많았다."

상현이 너스레를 떨며 말했다.

"제가 살려드린 거 잊지 마시고요."

윤옥은 설핏 웃으며 엄마에게 전화를 걸었다. 도착했다고 하자 엄마는 지하 2층 3호실로 오라고 했다. 늘 그렇듯 차분하고 지친 목소리였다.

– 5 –

장례식장 입구부터 눅눅하고 퀴퀴한 냄새가 났다. 접객실에는 조문객이 제법 많았다. 산동네를 떠난 지 꽤 많은 시간이 흘렀는데도 윤옥을 알아보는 사람들이 있었다. "아니, 이게 누구야, 윤옥이지? 윤옥이네 그 윤옥이 맞지?" 하며 윤옥의 손을 잡는 사람도 있었고, "같이 늙어가는 처지가 됐네! 세월이 엄청 갔어!" 하는 사람도 있었다. 상현을 보고서 "이 사람이 윤옥이 아들인가?" 하며 놀라는 사람도 있었다. 윤옥과 상현은 어색한 얼굴로 연신 인사를 하며 빈소로 들어갔다. 검은 상복을 입은 엄마가 윤옥과 상현을 향해 말했다.

"왔나?"

50

윤옥은 엄마를 보고는 자기도 모르게 입을 벌렸다. 상현도 놀란 눈치였다. 1월 1일에 해돋이 보러 갔을 때도 수척해 보여서 걱정이었는데 그때보다 더 안 좋아 보였다. 뺨이 움푹 들어갔고 어깨와 허리가 더 구부정했다. 무엇보다 얼굴에서 풍기는 분위기가 엄마 같지 않았다.

윤옥이 물었다.

"엄마, 괜찮아요?"

엄마는 몸을 돌리며 말했다.

"오느라 고생했다. 인사드려."

빈소로 향하는 엄마의 걸음걸이도 어색했다. 윤옥은 엄마가 왼쪽 다리를 절뚝인다는 것을 알아차렸다. 윤옥과 상현은 빈소로 함께 들어갔다. 제단 위에 수림 엄마의 영정이 걸려 있었다.

윤옥과 상현은 수림 엄마의 영정 앞에 서서 향을 올리고 절을 했다. 영정은 웃는 모습이었다. 뇌졸중으로 쓰러지기 전에 찍은 사진이었다. 윤옥을 향해 주먹 쥔 손을 흔들며 "으쌰! 으쌰! 윤옥아!" 하고 소리치던 모습이 떠올랐다. 윤옥은 다시 한번 절을 하면서 물컹해지려는 마음을 다잡았다. 가까웠던 한 사람의 삶이 끝났고 자신도 언젠가는 그 뒤를 따를 것이며, 그 시기가 예전보다 훌쩍 가까워졌다는 생각이 들었다. 저세상 고개를 넘어간 수림 엄마가 손을 팔랑거리며 "윤옥아, 너무 무서워 마라. 여짝도 그냥저냥 살 만허니께" 하고 말할 것 같았다. 생각이 이쯤에 이르자 눈물이 났다. 윤옥은 구부린 검지로 눈가를 적신 물기를 닦았다.

엄마는 윤옥과 상현을 접객실로 이끌었다. 접객실 테이블은 반 정도 차 있었다. 윤옥과 상현과 엄마는 접객실 구석진 곳에 자리를 잡았다. 장례 도우미가 식탁에 상을 차렸다. 엄마는 윤옥을 앞에 두고도 눈을 내리깐 채 컵에 물을 따랐다. 자기 얼굴에 닿는 윤옥의 시선을 의식하는 듯했다. 윤옥은 엄마의 옆얼굴에서 연두색 멍 자국을 보고 말았다. 윤옥이 입을 열려고 하자 엄마는 끙, 소리를 내며 일어섰다.

"있어라. 손님 왔다."

윤옥은 절뚝이며 걸어가는 엄마의 뒷모습을 쳐다보았다. 상현이 낮은 목소리로 물었다.

"할머니 괜찮으신 거예요?"

윤옥은 잠자코 물을 들이켰다. 괜찮아 보이지 않았으나 엄마 성품에 미주알고주알 사정 얘기를 할 것 같지도 않았다.

엄마는 단단한 사람이었다. 윤옥이 중학생이던 시절, 엄마는 방직 공장의 여공들과 함께 회사를 상대로 끝까지 싸웠다. 여공들은 20분밖에 되지 않는 점심시간을 늘려달라고 했고, 공장에 솜먼지를 배출할 수 있는 환풍기를 달아달라고 했다. 요구를 들어주지 않으면 파업을 강행하겠다고 했다. 이에 사측은 노조의 요구를 들어주면서 뒤로는 어용 노조를 세워 노조를 와해시키려고 했다.

사측과 노조 측의 갈등 속에서 엄마는 뒤에만 있지 않았다. 여공들이 공장을 점거하자 사측은 공장 출입문을 봉쇄하고 수도를 잠그고 전기를 끊고 음식 반입을 차단했다. 여공들은 버티고 버텼다. 엄마도 버틴 사람들 중의 하나였다. 사흘이 지나도 농성을 중단하지 않자 사측은 정부에 전투경찰 투입을 요청했다. 여공들은 전투경찰들이 끌고 가지 못하도록 브래지어와 팬티만 입고 저항했다. 엄마는 최후까지 저항한 주동자였다. 곤봉과 주먹에 맞아 반나체로 끌려갔다고, 사측에 고용된 용역들이 농성하는 사람들에게 인분을 뿌리기도 했다고, 엄마의 병실을 찾아온 여공들이 윤옥에게 전해주었다.

윤옥은 상현에게 말했다.

"기다려보자. 한가해질 때 여쭤보면 되니까."

"여쭤본다고 대답을 하실까요?"

상현은 입술을 뾰족하게 내밀고 육개장에 밥을 말았다. 건너편 테이블에서 윤옥을 부르는 소리가 들렸다.

"윤옥아! 윤옥이 맞지? 이리 좀 와라. 인사 안 드리고 뭐 하노? 야가 슨상님이 돼가지고설라무네 예의가 영 시원찮다!"

한 무리의 노인들이 윤옥을 향해 손짓했다. 윤옥을 아는 체하는 걸 보니 알았던 사이인가 싶은데 얼굴도 이름도 생각나지 않았다. 윤옥은 엉거주춤 일어서면서 상현에게 말했다.

"넌 할머니한테 가라. 도울 일 없느냐고 여쭤봐."

육개장을 퍼먹는 상현의 숟가락질이 빨라졌다. 윤옥은 허리를 숙이고 노인들에게로 향했다. 머리칼이 하얀 노인들 사이에 들어서자 10년은 젊어진 기분이었다.

노인들은 맞춰 입은 것처럼 옷차림이 비슷했다. 색깔은 조금씩 달라도 하나같이 어두운 옷이었다. 가발을 쓴 노인도, 머리칼이 몇 가닥 남지 않은 노인도 있었다. 원망과 반가움이 섞인 말이 여기저기에서 툭툭 올라왔다. "나 몰라? 나?", "윤옥아, 나는 기억 안 나냐?" 하는 말들이 오갔다. 윤옥은 쑥스럽게 웃으며 노인들과 인사를 나눴다. 부어주는 술잔을 거절하지 못해 조금씩 마셨고 시키는 대로 안주를 집어 먹었다.

윤옥 또래는 아무도 없었다. 정말이지 신기하리만치 아무도 보이지 않았다. 어쩔 수 없이 남아 있는 사람들이 아니고는 산동네를 떠나 어딘가에 새로 뿌리를 내린 것 같았다. 윤옥도 마찬가지였다. 조금이라도 빨리 산동네를 떠나고 싶었고, 그래서 떠나버렸다.

남은 사람들에게서는 어쩔 수 없이 서글픈 분위기가 흘렀다.

장례식장이기 때문일까. 그 서글픔이 대수롭지 않았다. 산동네를 떠난 사람들이나 남은 사람들이나 조금 더 시간이 지나면 죽음이라는 한 지점에서 만나고 말 것이었다.

노인들은 수림 엄마와의 일들을 추억했고 산동네 시절 수림 상회를 추억했다. 윤옥이 아는 일도 있었고 모르는 일도 있었다. 마음 깊숙한 곳에 웅크리고 있던 산동네 시절의 기억이 켜켜이 쌓인 세월을 뚫고 고개를 내밀었다. 과거의 장면과 현재의 얼굴들이 겹쳐 들었다. 술잔과 함께 오고 가는 수림 엄마 이야기에 가슴에서 쩡, 하는 소리가 들려오는 것 같았다.

수림 엄마가 보고 싶었다. 윤옥은 노인들의 푸념 섞인 이야기를 들으며 잊고 있던 기억을 되살렸다. 노인들의 얼굴이 윤옥이 10대이던 때로 돌아갔다. 40년 전, 50년 전, 칙칙한 산동네에서 삶을 나누었던 사람들이었다. 착한 사람들도 있었고 나쁜 사람들도 있었는데, 오랜 세월이 지난 뒤 한자리에 모아놓고 보니 모두가 서로를 적당히 닮아버린 듯했다. 착했던 사람은 조금 모질어지고 심보 고약했던 사람은 둥그스름해진 모습이었다.

떠들고 마시던 노인들이 하나둘 자리를 비웠다. 윤옥은 장례식장을 지키며 반찬과 국그릇을 치웠다. 조문객들이 거의 다 돌아갔을 즈음, 윤옥은 핸드백에서 담배와 라이터를 꺼내 들고 밖으로 나갔다. 이따금 피우는 담배였다. 윤옥은 장례식장 주차타

워 앞에서 담배를 입에 물고 라이터를 켰다. 차가운 공기에 정신이 조금 맑아진 것 같았다. 윤옥은 담배 연기를 길게 내뱉으며 장례식장에서 들었던 이야기를 곰곰이 되짚어 생각했다. 윤옥이 모르는 이야기가 여럿이었지만 그중 두 개가 찜찜했다.

하나는 수림상회가 지난 두 달간 문을 닫았다는 것이고, 다른 하나는 수림 엄마가 요양원에서 마지막을 맞았다는 것이었다. 둘 다 윤옥은 모르는 이야기였다. 수림상회는 추석 당일과 설날을 제외하고는 아침 여덟 시에 문을 열고 밤 열한 시에 문을 닫았다. 엄마가 수림 엄마를 요양원에 보냈다는 것도 의외였다. 요양원에 보낸 것을 윤옥에게 이야기하지 않은 건 이해할 수 있었다. 하지만 엄마의 수척한 모습과 절뚝이던 다리, 얼굴에 난 멍자국은 마음에 걸렸다.

뒤에서 누군가의 목소리가 들렸다.

"담배 피우네?"

윤옥은 자기도 모르게 담배를 아래로 내리고 뒤를 돌아보았다. 윤옥과 비슷한 나이대의 여자가 바지 주머니에 손을 찌르고 서 있었다. 산동네에 살던 누군가 같은데 얼굴과 이름이 생각나지 않았다. 윤옥은 어색하게 고개를 숙였다. 장례식장에 온 뒤로 반복했던 인사였다. 여자가 피식 웃으며 말했다.

"누군지도 모르면서 인사는."

윤옥은 가로등에 비친 여자의 모습을 쳐다보았다. 역시나 기억에 없는 얼굴이었다.

"나야, 나. 연탄집 기주."

기억이 날 듯 말 듯 했다. 윤옥이 어색하게 웃으며 고개를 갸웃거리자 자신을 기주라고 소개한 여자가 이마를 덮은 머리칼을 쓸어 올리며 왼쪽 이마를 손으로 문질렀다.

"기억이 안 나? 이게? 나는 거울 볼 때마다 네 생각을 할 수밖에 없었는데 말이야."

여자는 왼쪽 이마를 손끝으로 쿡쿡 찔렀다. 세로 1센티미터가량의 흉터가 보였다. 50년 전 기억이 머릿속 깊은 곳에서 툭 튀어나왔다. 윤옥의 목소리가 저절로 올라갔다.

"아! 기주구나! 야학당! 연탄집!"

기주는 입가를 끌어 올리며 히죽 웃었다. 기주와 같은 국민학교를 다녔던 기억이 떠올랐다. 기주는 연탄집 막내딸이었다. 이마의 흉터는 윤옥이 만들어준 것이었다. 윤옥이 산동네로 이사온 지 얼마 안 됐을 때였다. 기주가 야학당에 안 갈 거냐며 윤옥의 집에 찾아왔고 안방에서 윤옥의 동생 지호를 발견했다. 기주는 안방 이불 위에서 흐느적거리며 몸조차 가누지 못하는 지호를 보고는 비명을 질렀다. 다음 날, 기주와 친구들은 윤옥에게 집에 있는 하얀 문어는 잘 있느냐고 물었고 그걸 시작으로 놀림은 몇 주 동안 계속되었다. 야학당 수업이 끝나고 집에 돌아오던 어느 날, 윤옥은 앞장서서 놀리던 기주에게 달려들었다. 속에 시커먼 무언가가 똘똘 뭉쳐 있던 시절이었다. 그날 윤옥은 주먹만 한 돌로 기주의 이마를 찍었다.

"한 대 더 할래?"

기주가 윤옥에게 담배를 권했다. 머리가 아플 것 같았지만 윤옥은 사양하지 않고 담배를 받았다. 그때까지 손에 들고 있던 담배꽁초는 길가 종량제 쓰레기봉투에 꽂아 넣었다. 기주는 윤옥이 문 담배 앞에 라이터 불을 내밀고 자신도 담배 끝에 불을 붙였다.

기주가 담배 연기를 뿜으며 물었다.

"잘 살았나?"

윤옥은 담배를 한 모금 빨아들이며 어색하게 웃었다. 기주가 히죽 웃으며 말을 이었다.

"다들 그렇지."

앞뒤 맥락 없이 뱉은 말이었는데도 적절한 느낌이었다. 윤옥이 말했다.

"이마, 미안해."

기주가 담배 연기를 끊어 뿜어내며 흐흘 하고 소리 내어 웃었다.

"됐어. 그때도 너 엄청 미안하다고 했어. 내가 잘못도 했고."

"시간이 많이 지났다. 그렇지?"

"응. 많이. 정말 많이. 근데 너무 금방이야."

윤옥과 기주는 말없이 담배를 피우며 앞만 바라보았다. 차가운 공기에 목덜미가 서늘했고 몸이 떨려왔다. 기주는 후, 담배 연기를 뿜으며 물었다.

"지호는? 이름 맞지? 지호. 잘 있나?"

윤옥이 입을 열었다.

"모르겠어."

"몰라?"

"어디 있는지도 몰라. 살았는지 죽었는지도."

"그때 어떤 목사님한테 보낸 거 아니었어? 덩치 엄청 큰 남자."

하성호 목사를 말하는 거였다. 걸걸한 목소리로 "지호 어머님, 걱정하지 마십시오. 지호는 이제 제 아들입니다!" 하고 말했던.

"그 사람도 어디 있는지 모르겠고."

"이런 얘기 인제 와서 무슨 소용이겠냐마는."

기주가 담뱃불을 검지로 튕겨내며 말했다.

"어쩔 수 없는 일도 있는 거 같더라."

정말로 그런 걸까. 정말로 어쩔 수 없었던 걸까. 지호와 함께 살았다면 어땠을까.

윤옥은 담배를 깊이 빨아들여 연기를 폐 속에 가뒀다. 어지럼증과 독기를 느끼고 싶었다. 그렇게라도 해야 마음이 편해질 것 같았다.

– 6 –

지호의 뇌병변장애는 중증이었다. 굽은 목과 경직된 허리가
몸의 균형을 흐트러트렸고 혼자서는 밥을 먹을 수도, 화장실에
갈 수도 없었다. 지호는 마루를 좋아했다. 마루에 누운 지호는
평소와 다르게 "아, 아, 아" 하는 소리를 냈다. 좋다는 의미였다.
지호는 항상 아아, 하고 말했으나 상황에 따라 미묘한 차이가 있
었다. 윤옥과 엄마는 지호가 좋은 느낌으로 내는 아, 소리를 좋
아했다.

윤옥이 열 살 때 건설 현장에서 일하던 아버지가 화약 사고로
죽었고 그 뒤로는 모든 것이 나빠지기만 했다. 산동네로 이사 온
뒤로 엄마는 방직 공장에 나가기 시작했다. 살려면 돈을 벌어야

했고, 돈을 벌기 위해선 누군가 집에서 지호를 돌봐야 했다. 지호를 돌볼 사람은 윤옥뿐이었다.

지호를 돌보는 게 싫었다. 기쁨이나 보람 따위 찾을 수 없는 자잘한 일을 반복해야 했다. 공부, 학교, 친구 같은 것들은 천장에 매달려 대롱거릴 뿐이었다. 하루 중 가장 큰일은 지호의 끼니를 챙기는 것이었다.

윤옥은 엄마가 차려놓은 밥과 김치로 아침을 먼저 먹은 다음 밥을 물에 말아 지호 입에 넣어주었다. 하는 일이라고는 종일 안방에 누워 있는 게 전부였는데도 지호는 늘 배고파했다. 먹는 것도, 먹이는 것도 어려웠다. 윤옥이 안방 벽에 어렵게 기대어놓아도 지호는 자꾸만 허물어졌다. 고개는 고개대로, 턱은 턱대로, 팔은 팔대로 따로 늘어졌다. 입에 밥을 넣어주어도 입 안으로 들어가는 것보다 바닥에 흘리는 게 더 많았다. 화가 난 윤옥이 숟가락을 내동댕이치며 "좀 제대로 먹어! 나보고 어쩌라는 거야!" 하고 목소리를 높이기도 했는데, 그러면 지호 역시 "아, 아, 아!" 하고 소리를 질렀다. 팔을 휘젓는 품새가 윤옥을 때리려는 것처럼 보였으나 시늉에도 미치지 못하는 몸짓이었다.

지호의 끼니를 챙기고 나면 특별히 할 일이 없었다. 집 안을 돌아다니는 벌레를 가지고 놀다가 그것도 지겨우면 그림을 그렸다. 야학당에서 빌려 온 책을 읽기도 했다. 중간중간 책장이 찢겨 있었지만 그럴듯한 상상으로 내용을 이으면 읽을 만했다. 마루 구석진 곳에서 쥐가 고개라도 내밀면 반가웠다. 골목에서 애들 노는 소리가 들리면 속이 답답했고 하늘을 올려다보며 해가 어서 저물기를 기다렸다.

지호는 예전 집에서처럼 휠체어를 타고 밖에 나가고 싶어 했다. 그럴 수는 없었다. 마루에서 두 걸음 나가면 대문이었고 대문 아래로는 가파른 내리막길이었다. "지호야, 너 못 나가. 나가면 큰일 난다고" 하며 윤옥이 설명해도, 지호는 막무가내로 어눌한 소리를 연발하다 우는 것처럼 목소리를 높였다. 지호가 화를 내는 듯 굴면 윤옥은 이불을 손에 감고 지호의 허벅지나 종아리를 꼬집었다. 그러면 지호는 짧고 굵은 소리를 질렀다. 아프다는 의미 같았으나 때로는 시원하다는 소리로 들렸다.

이따금 윤옥은 점심을 먹지 않았고 지호도 먹지 않았다. 네 시쯤 되어 지호가 화난 목소리로 소리를 지르면 그때야 물에 만 밥을 들고 안방으로 들어갔다. 심사가 뒤틀려서 밥그릇만 놓고 나온 적도 있었는데, 안방의 이불과 벽지가 젖은 밥알로 엉망이 되어버린 다음부터는 그러지 않았다.

지호가 싫었고 지긋지긋했다. 산동네로 이사 온 해 겨울 어느 날 밤, 엄마는 윤옥을 깨워 마루로 불러냈다. 얇은 담을 무시하고 그대로 밀어닥친 겨울바람에 윗니와 아랫니가 부딪혀 딱딱딱딱 소리를 냈다. 윤옥 앞에 마주 앉은 엄마의 코와 입에서 허연 김이 규칙적으로 나왔다 흩어졌다. 엄마가 낮은 소리로 말했다.

"지호를 입양 보내려 한다."

윤옥은 엄마의 눈치만 살폈다. 입양이 무슨 의미인지 몰랐기 때문이었다.

"지호를 다른 집에 보낸다는 말이야. 알아는 둬야 할 것 같아서 얘기하는 거다."

윤옥은 입술을 안으로 말았다. 다시 학교에 갈 수 있을지도 몰랐다. 지겹게 보채는 '아, 아' 소리로부터 풀려난다는 생각까지 이르자 가슴이 뻐근했다.

"언제까지요?"

"입양이라는 거는, 다른 집 자식으로 보낸다는 거야."

윤옥은 눈만 껌벅였다. 엄마는 벽을 보며 말했다.

"너 학교도 보내야 하고. 언제까지 야학만 다닐 수는 없잖니. 원주라는 데가 있는데, 거기 아주 훌륭한 목사님이 계시다고 그러더라. 지호 같은 애들 모아다 자기 자식으로 입양해서 잘 돌봐 준댄다. 기도도 많이 해서 가끔 낫는 애들도 있다는데."

"나아요? 지호가요?"

엄마는 잠시 말을 멈추고 허공을 쏘아보았다.

"그런 은사가 있다는데…… 나야 들은 얘기니까."

윤옥은 지호가 잠든 안방을 쳐다보았다. 다른 곳에 가는 게 좁은 방 안에 혼자 누워 있는 것보다는 낫지 않을까 생각했다. 자신과 있는 것보다는 심심하지 않을 것 같았다. 그래도 어딘지 모르게 찜찜했다. 이렇게 해도 정말 괜찮은 걸까, 하는 꺼림칙한 기분이 윤옥의 후련함에 구멍을 내는 것 같았다. 윤옥은 엄마를 바라보았다. 30대 초반인 엄마의 얼굴은 차갑고 거칠었다. 눈빛은 어두웠고 턱선 또한 가팔랐다. 엄마는 절박해 보였다. 윤옥이 물었다.

"지호가 좋아할까요?"

엄마는 대답하지 않았다.

다음 날 아침, 엄마는 출근하지 않았다. 새벽부터 일어나 미역국을 끓이고 쌀밥을 짓고 달걀까지 부쳤다. 오랜만에 맡는 기름 냄새에 윤옥은 배가 아플 정도로 강한 허기를 느꼈다. 지호도 높은 소리로 "아, 아, 아, 아" 하고 말했다. 엄마는 비키니장에서 지호의 내복과 솜 점퍼, 털 귀마개, 목도리를 꺼내놓았다. 큰 양은솥에 물을 붓고 목욕물을 데웠다. 엄마는 분주히 움직였다. 움직이지 않으면 낭떠러지에서 떨어지기라도 할 것처럼 몸을 놀렸다. 평소와 다른 엄마의 행동에 기분이 이상했지만 윤옥은 기름 냄새 때문에 정신이 혼미해질 지경이었다.

엄마의 바쁜 몸놀림은 안방에 아침상을 차려놓을 때까지 계속됐다. 엄마는 밥을 먹으려다 말고 밖으로 나갔다. 엄마가 돌아오기를 기다리는 시간이 너무 길었다. 지호가 자꾸 밥상에 손가락을 얹으려고 해서 "지호야, 가만 좀 있어 봐" 하고 말려야 했다. 안방으로 돌아온 엄마에게서 찬 기운이 풍겼다. 눈을 크게 뜨고 이를 악문 모습이었다.

엄마가 낮게 깔린 목소리로 말했다.

"먹자."

윤옥은 숟가락으로 흰 쌀밥을 폈다. 엄마는 미역국에 밥을 말아 지호의 입에 넣어주었다. 지호는 허, 허 하며 미역국을 삼켰다. 엄마는 지호의 턱을 닦아주고 반숙으로 익힌 달걀을 허물어 묽은 노른자를 지호의 입 안에 흘려 넣어주었다.

식사를 마친 뒤 엄마는 안방에 커다란 진갈색 고무대야를 들여다 놓고 김이 오르는 물을 채웠다. 윤옥은 부엌에서 목욕이 끝나기를 기다렸다. 그때부터 기분이 묘했다. 포만감은 있었으나 불길한 느낌에 마음이 자리를 잡지 못했다. 지호도 평소와는 무언가 다르다고 느꼈는지 아무 소리도 내지 않았다. 안방에서 찰박거리는 물소리만 들렸다.

지호를 다 씻겼을 즈음 수림 엄마가 찾아왔다. 수림 엄마 뒤로 한 남자가 따라 들어왔다. 덩치가 좋고 머리도 바윗돌처럼 큼지막한 사람이었다. 집에 들어오면서부터 계속 웃는 얼굴이었다. 수림 엄마는 그를 하성호 목사님이라고 불렀다. 마루에서 엄마와 수림 엄마와 하성호 목사가 이야기를 나누었다. 윤옥은 안방에서 마른 수건으로 지호의 머리칼을 말려주며 어른들의 대화에 귀를 기울였다. 하성호 목사는 엄마를 안심시키려는 듯 기적의 집이 지호에게 얼마나 좋은 곳인지 열성적으로 설명했다. 수림 엄마도 엄마를 다독이고 하성호 목사를 추어올렸다. 윤옥은 마음속으로 기적의 집, 기적의 집, 하고 되뇌었다.

안방 문이 열렸다. 엄마는 반쯤 정신이 나가버린 얼굴이었다. 하성호 목사는 뭐가 그렇게 좋은지 벙글벙글 웃으며 안방으로 들어섰다.

"니가 지호냐."

걸걸한 목소리였다. "우리, 기도 한번 하십시다" 하고는 지호의 머리에 두껍고 털이 북슬북슬한 두 손을 얹었다. "주님, 주시옵소서. 치유의 광선을 비춰주시옵소서. 아멘. 주여 오시옵소서." 하성호 목사는 비슷한 기도 문구를 반복했다. 계단을 오르는 것처럼 기도 소리가 높아졌다. 수림 엄마는 깍지 낀 손을 방바닥에 대고 손 위에 이마를 얹었다. "아멘, 아멘, 아아멘" 하며 기도에 추임새를 넣었다. 윤옥은 방구석에서 무릎을 끌어안고 지호와 엄마, 하성호 목사와 수림 엄마를 번갈아 쳐다보았다. 엄마는 놀란 사람처럼 눈을 크게 뜨고 지호를 바라보고 있었다.

하성호 목사는 지호를 등에 업고 대문 바깥으로 나섰다. 넓고 두터운 등에 업힌 지호는 오랜만의 외출에 기분이 들뜬 모양이었다. 지호는 고개를 비틀며 하늘과 골목을 번갈아 보고 입을 벌려 하아, 하아, 입김을 뿜었다. 흩어지는 입김을 잡으려는지 뒤틀린 손을 어색하게 뻗었다. 지호를 둘러업은 하성호 목사가 엄마를 향해 몸을 돌리고 우렁우렁한 목소리로 말했다.

"지호 어머님, 걱정하지 마십시오. 지호는 이제 제 아들입니다!"

윤옥의 손에 차가운 것이 닿았다. 엄마의 손이었다. 엄마는 더듬더듬 윤옥의 손을 찾아 쥐고는 잠긴 목소리로 말했다.

"윤옥아, 지호한테 인사해."

윤옥은 지호를 똑바로 바라볼 수 없어 엄마만 올려다보았다. 엄마의 눈 밑이 불규칙적으로 떨리고 있었다. 엄마가 다시 말했다.

"어서."

윤옥은 주춤거리다가 반 발짝 앞으로 나갔다. 한 손은 엄마 손을 잡은 채였다. 크고 붉은 얼굴의 하성호 목사가 웃는 낯으로 윤옥을 내려다보았다. 하성호 목사의 귀 뒤에서 노란 털모자를 쓴 지호가 손가락을 뒤틀며 윤옥을 향해 왼팔을 뻗었다. 윤옥은 침을 삼키며 눈을 깜박거렸다. "아, 아, 아" 하고 지호가 얼굴을 찡그렸다.

웃음이었다. 지호의 웃음답지 않은, 복잡한 의미가 읽히는 웃음이었다. 윤옥은 숨을 멈추었다. 실제로 벌어지는 일 같지가 않았다. 한껏 벌어진 눈이 자꾸만 더 크게 열렸다. 수림 엄마가 말했다.

"윤옥 엄마, 이게 좋은 거야. 지호도 살고 윤옥이도 살고 윤옥 엄마도 살아야지. 다 같이 살아야지. 어여 인사해."

같이 사는 건 아니잖아요, 윤옥은 속으로 중얼거리며 엄마의 옷소매로 한쪽 얼굴을 가렸다. 하성호 목사가 "어머님, 이러다 지호 감기 걸립니다" 하고 인사를 재촉했다.

엄마는 지호 쪽으로 걸음을 옮기다가 휘청거렸다. 옆에 서 있던 수림 엄마가 아이구구, 하며 엄마를 부축했다. "아" 하고 지호가 말했다. 안타까운 음색이어서 가슴이 아팠다. 윤옥은 지호를 올려다보았다. 일순간 주변이 고요해지는 것 같았다. 옆에 엄마가 있는데도 지호와 둘만 있는 것 같았다.

지호는 윤옥을 향해 손을 뻗으며 고개를 비틀었다. 무어라 말을 해야 했는데 입이 떨어지지 않았다. 윤옥은 딸꾹질하듯 숨만 연거푸 들이쉬었다.

지호가 윤옥과 시선을 맞추고 입을 벌렸다. 처연한 표정이었다. 크게 열린 눈에는 눈물이 차 있었다. 모든 것을 다 알고 있다는 듯이, 다 이해한다는 듯이 지호는 고개를 천천히 저었다. 윤옥은 또다시 숨을 멈추었다. 자신을 내려다보는 지호의 눈빛과 표정이 가슴에 아로새겨지는 것 같았다.

지호가 말했다. 낮은 소리로.

"아, 아."

"안녕히 계십시오!"

하성호 목사의 우렁찬 목소리에 윤옥은 소스라치게 놀랐다. 윤옥의 눈에서 눈물이 뺨을 타고 흘러내렸다. 하성호 목사는 지호를 한번 들쳐 업고 내리막길로 내려갔다. 윤옥 옆에 주저앉은 엄마가 짐승처럼 흐느꼈다. 수림 엄마도 엄마를 끌어안고 함께 울었다. 윤옥이 두어 걸음 앞으로 걸어갔지만 하성호 목사와 지호의 모습은 좁고 복잡한 골목에 가려 이미 보이지 않았다.

윤옥은 입술을 달싹거리며 조금 전 지호가 자기에게 한 말을 따라 했다.

"누나, 안녕."

– 7 –

지호가 없는 집은 평온하면서도 불길했다. 윤옥은 학교를 다녔고 시험에서 매번 괜찮은 성적을 올렸다. '우리는 민족중흥의 역사적 사명을 띠고 이 땅에 태어났다'라는 문장으로 시작하는 국민교육헌장 암송대회에서도 해마다 금상을 받았다. 엄마는 방직 공장에 적응했고 적으나마 저축도 했다. 일은 줄었고 집은 깨끗해졌다. 엄마는 편하게 웃는 법이 없었다. 잠잘 때도 빨리 잠들기 위해 애쓰는 것처럼 눈썹 사이에 주름을 잡았다. 윤옥이 우등상을 받아 와도 덤덤한 얼굴로 "잘했구나" 하고 말하는 게 다였다. 엄마는 비슷한 색채의 어두운 가면들을 번갈아 쓰는 것 같았다.

윤옥은 중학교 때부터 상위권 성적을 놓친 적이 없었다. 장학금을 받고 상업계 고등학교로 진학하면 어떻겠느냐는 담임의 권유를 엄마는 고민도 하지 않고 거절했다. 인문계 고등학교 입학 뒤 잠시 주춤했던 윤옥의 성적은 고등학교 2학년을 거치면서 상위 궤도에 올랐고 모의고사와 중간, 기말고사에서도 그야말로 우수한 성적을 거두었다. 윤옥은 말이 없는 여학생이었다. 특별히 좋아하는 친구도 없었고 깊은 관계를 맺은 교사도 없었다. 수림 엄마가 교회에 같이 나가자고 여러 번 권하기도 했으나 교회만큼은 가지 않았다.

엄마는 하성호 목사가 운영하는 기적의 집에 찾아가지 않았다. 정기적으로 돈을 보내기만 할 뿐, 무언가 결심한 사람처럼 지호 이름을 입에 올리지도 않았다. 윤옥이 "지호는 잘 있대요?" 하고 물어도 엄마는 반응조차 하지 않았다. 윤옥도 지호에 대해 더는 묻지 않았다.

윤옥은 서울에 있는 사범대학 국어교육과에 합격했다. 대학 합격자 발표날, 윤옥은 공장에서 집으로 돌아온 엄마에게 말했다.

"엄마, 나 합격했어. 우리나라에서 최고로 좋은 대학이야."

엄마의 눈이 커졌다. 윤옥은 엄마의 얼굴이 떨리는 것을 보았다. 엄마가 자신의 합격을 간절히 바라고 있었다는 것을 알아차린 윤옥은 눈물을 터트리고 말았다. 윤옥은 주춤거리며 엄마의 딱딱한 어깨를 안았다. 손에 닿은 엄마의 작은 몸이 낯설었다. 엄마의 정수리가 윤옥의 턱 밑에 들어왔다. 흰 두피가 훤히 보이는 엄마의 정수리에 윤옥은 자기 입술과 볼을 비볐다. 소리를 죽이고 우는 엄마의 울음소리가 가슴에서 울렸다. 그 뜨거움에 정신이 아득해지는 것 같았다. 윤옥은 흐느끼며 "엄마, 괜찮아. 엄마, 괜찮아" 하고 말했다.

엄마는 대꾸 없이 울기만 했다. 윤옥은 그리웠던 엄마의 몸을 끌어안고 엄마의 체취와 온도를 온몸과 마음으로 느꼈다. 엄마도 갑옷 같던 표정을 풀어버리고 윤옥을 힘껏 부둥켜안고 서럽게 울었다. 윤옥은 기뻐서 울었다. 엄마가 가여워서, 어쩐지 억울해서 울었다. 자기 몫을 해낸 것 같아 가슴이 벅차올랐다. 이제는 다시 예전처럼, 아빠가 돌아가시기 전의 모습으로 돌아갈 수 있을지도 모른다는 기대를 품었다.

그러나 다음 날 아침, 엄마는 평소 얼굴로 돌아와 있었다. 엄마는 공장으로 이른 출근을 하면서 윤옥에게 말했다.

"여기는 이제 네가 있을 곳이 아니다."

윤옥은 산동네를 떠났다. 대학 근처에 쪽방을 얻었고 아르바이트로 등록금과 생활비를 충당했다.

고등학생 때부터 윤옥은 교사가 되고 싶었으나 국어교육과 동기들은 교사가 되는 데에 별 관심이 없었다. 점수에 맞춰 사범대에 왔을 뿐 대개는 공부 욕심을 내거나 행정고시, 외무고시를 준비하는 분위기였다. 마음만 먹으면 대기업이나 공기업에 취직하는 것도 어렵지 않았다. 대학교수들도 중등교사 자격증을 얻어 학교로 나가는 걸 특별히 칭찬하지 않았다. 선발 절차 없이 바로 임용될 수 있는 교사 자격은 일종의 보험 같은 느낌이었다. 교사가 되고 싶다고 하면 "선생 해서 뭐 하게?"라고 되묻는 동기도 있었다.

가난한 직업이었고 별 볼 일 없는 일이었으나 윤옥에게는 교직이 그렇지 않았다. 적은 봉급이어도 저축만 잘하면 산동네나 쪽방촌이 아닌 서울 어딘가에 집을 마련할 수 있었다. 어쩌면 승용차를 몰 수 있을지도 몰랐다. 무엇보다 윤옥은 자신이 겪었던 교사들과는 다른 교사가 되고 싶었다. 겨우 저런 것이 최선일까, 나라면 어떻게 했을까, 하는 생각들로 사범대 진학을 결정했던 윤옥이었다.

대학 생활은 순조롭다가도 불안으로 출렁이곤 했다. 거리에는 대학생들의 기습 시위가 벌어졌다. 시위하는 학생들은 전투경찰들이 출동하기 전까지 전두환 물러가라, 독재정권 물러가라 같은 구호를 외치고 전단을 흩뿌린 뒤 잽싸게 흩어졌다. 대규모 시위가 벌어지면 쇠 파이프를 든 사수대 학생들이 전투경찰을 막아서고 화염병이나 돌을 던져 진압 때까지 시간을 벌었다. 그러다 저지선이 무너지면 학생들은 골목으로 일제히 흩어졌다. 잡힌 학생 중 주동자는 남산에 끌려가서 피오줌을 쌀 때까지 고문받는다는 소문이 돌았다.

대학에 입학한 지 석 달이 지난 어느 날이었다. 수업을 마치고 쪽방으로 가기 위해 정문으로 향하는데 사복 경찰 하나가 남학생 한 명을 잡아 학교 밖으로 끌고 가는 게 보였다. 대학에 상주하는 사복 경찰이었다. 배불뚝이 사복 경찰은 대학의 망나니였다. 대학 연못에서 낚시를 하기도 하고 네댓 명의 학생이 모여 있으면 최루가스가 뿜어져 나오는 사과탄을 슬쩍 던져놓기도 했다. 틈만 나면 지나가는 여대생들에게 다가가 수작을 걸기도 하는 사람이었다. 사복 경찰이 끌고 가는 학생의 손목에는 수갑이 채워져 있었다. 호리호리하고 다부진 체격의 남학생이었다.

윤옥이 아는 얼굴이었다. 사범대 수학교육과 동기 김정훈이었다. 정훈을 끌고 가던 사복 경찰이 "빨랑 안 걷냐?" 하며 정훈의 머리를 손바닥으로 때리고 군홧발로 허벅지를 걷어찼다. 정훈은 휘청거리다 수갑 찬 손을 앞으로 두고 윤옥이 서 있는 보도블록 앞에 한쪽 무릎을 꿇었다. 사복 경찰이 다가가 빨리 일어서라며 정훈의 뒤통수를 손바닥으로 내리쳤다.

윤옥은 사복 경찰을 쳐다보았다. 불콰하게 달아오른 얼굴에서 술 냄새가 풍겼다. 엄마를 때렸다는 전투경찰도 저런 모습일 것 같았다. 일순간 마음이 흔들렸고 속에서 화가 치밀어 올랐다. 윤옥은 사복 경찰을 똑바로 노려보며 말했다.

"때리지 마세요."

사복 경찰이 이해할 수 없다는 듯한 얼굴로 윤옥을 쳐다보았다. '넌 대체 뭔데?' 하는 눈빛이었다. 오가는 학생은 많지 않았다. 잔디밭 너머로 농구를 하는 학생들이 보였다. 멀리 어디선가 풍물패의 연주 소리가 들렸다. 윤옥은 눈길을 피하지 않고 다시 말했다.

"때리지 말라고요."

사복 경찰은 픽 웃으며 허리춤에서 곤봉을 빼 들었다. 윤옥은 자기도 모르게 뒤로 물러섰다. 사복 경찰은 "이 계집년이!" 하고 소리치며 곤봉으로 윤옥의 머리를 내리쳤다. 어렵잖게 피할 정도로 서툰 곤봉질이었다. 사복 경찰은 취기에 몸을 가누지 못하고 보도블록 위에 손바닥을 짚으며 엎어졌다.

그때였다. 무릎을 꿇고 있던 정훈이 일어서서 학생회관 쪽으로 달리기 시작했다. 사복 경찰은 욕을 뱉으며 정훈을 쫓아가려 했다. 윤옥은 비틀거리며 뛰는 사복 경찰의 발목을 슬쩍 걸었다.

충동적으로 한 행동이었다. 사복 경찰은 다리가 꼬여 허우적거리다가 잔디밭에 쓰러졌다. 멀리 둔덕 너머에서 정훈이 소리쳤다.

"야! 뭐 해!"

윤옥에게 외친 소리였다. 사복 경찰이 일어서면서 곤봉을 들었다. 정훈의 목소리가 다시 들렸다.

"빨리 튀어!"

그제야 정신이 든 윤옥은 정훈의 목소리가 들린 쪽으로 달리기 시작했다. 정훈은 윤옥이 올 때까지 기다렸다가 "폭력 경찰 물러가라! 이 개새끼야!" 하고 냅다 소리를 지르고는 다시 "뛰어!" 하고 말했다. 윤옥과 정훈은 어깨를 나란히 하고 오르막길로 달렸다. 수갑에 손이 묶인 정훈은 어색하게 뛰면서도 신난다는 듯 "와우!" 소리를 질렀다. 윤옥과 정훈은 플래카드가 펄럭이는 가로수 길을 지나 건물 뒤로 숨었다. 정훈은 모퉁이에서 고개만 내밀고 사복 경찰이 쫓아오는지 확인했다. 윤옥은 벽에 등을 대고 숨을 헐떡였다. 땀에 젖은 머리칼이 뺨과 목덜미에 붙었고 가쁜 호흡에 정신이 산란했다. 윤옥이 숨을 헐떡이며 말했다.

"쫓아와?"

"저놈은 안 오는데 사복이 한둘이 아니야."

윤옥은 턱짓으로 정훈의 손목을 가리켰다.

"수갑은 어떡해?"

정훈이 거들먹거리는 투로 말했다.

"다 방법이 있지."

윤옥은 정훈을 쳐다보았다. 목소리에 섞인 허세가 어쩐지 불편했다. 정훈도 석 달 전까지 고등학생이었을 터였다. 정훈이 이를 드러내고 웃으며 말했다.

"고맙다. 다음에 또 보자."

윤옥은 건물을 돌아 뛰어 올라가는 정훈을 쳐다보다가 사복 경찰이 한둘이 아니라던 말을 떠올렸다. 어쨌든 윤옥이 한 짓은 경찰의 일을 방해한 거였다. 배불뚝이 사복 경찰이 자기 얼굴을 기억하고 쫓는다면 문제였다. 은근히 겁이 났고 겁먹은 자신이 부끄러웠다. 윤옥은 정문에서 멀리 떨어진 곳까지 걸어 올라갔다가 걸어 내려왔다. 어두워질 때까지 기다린 뒤 집에 가는 학생들 틈에 섞여 정문 밖으로 나왔다.

윤옥은 혼자 걸었다. 도로 건너편 언덕에는 산동네에서 보았던 것과 비슷한 집들이 다닥다닥 붙어 있었다. 가로등이 켜졌고 주택단지로 이어지는 산자락에서 개구리 우는 소리가 들렸다. 어디에선가 아, 아, 하는 소리가 들린 것 같아서 윤옥은 뒤를 돌아보았다. 이제 무엇을 해야 하나 생각하는데 불쑥, 지호가 떠올랐다.

지호를 마지막으로 본 게 10년 전이었다. 지호 이야기를 꺼내면 엄마는 못 들은 척했다. 윤옥도 지호 생각을 속으로 삼켰다. 언젠가는 찾아가 보겠다는 혼잣말로 마음을 다스렸다. 어릴 때는 어리다는 이유로, 좀 더 커서는 공부할 시간이 모자란다는 이유로, 대학 합격 뒤로는 엄마의 심기를 거스를 수 없다는 이유로 아무것도 하지 않았다.

다음 날, 윤옥은 아르바이트로 마련한 돈을 쥐고 원주로 가는 버스를 탔다.

‒ 8 ‒

　윤옥은 원주행 고속버스에 올라타면서부터 숨을 참았다. 배
기가스 냄새, 인조가죽 냄새, 음식 냄새가 한꺼번에 코 속으로
빨려들었다. 입 안에 미적지근한 침이 고이면서 속이 메슥거렸
다. 윤옥은 창가 쪽에 앉아 차창을 당겨 열었다. 부드럽게 열리
지 않아서 힘을 주어야 했다. 혼자서 고속버스를 타야 할 정도
로 멀리 떠나는 것은 처음이었다. 윤옥은 의자에 등을 기대고는
가방에서 편지 봉투를 꺼내어 주소를 확인했다.
　7년 전 기적의 집에서 보내온 편지였다. 편지에는 '잘 있어요'
라는 글자가 큼지막하게 적혀 있었다. 한 글자가 병뚜껑만큼 컸
다. 짐작하지 않으면 알아보기 어려운 글씨였다. '지호가 쓴 편지

입니다'라는 문장이 편지 맨 밑에 적혀 있었다. 지호가 글자를 썼다는 건 대단한 발전이었다. 그게 사실이라면.

고속버스에서 내려 시내버스를 탔다. 기적의 집은 원주 시내 외곽에 있었다. 벽돌색 타일로 외벽을 바른 상가건물 뒤였다. 윤옥은 건물 뒤편 골목으로 들어갔다. 번듯해 보이는 거리 쪽 외관과 다른 남루한 풍경이 나타났다. 어둡고 후덥지근했다. 무언가가 문드러진 냄새가 고인 골목이었다. 윤옥은 회색 기와로 지붕을 얹은 집들의 주소를 하나하나 확인했다. 골목을 몇 번이나 돌고 나서야 편지 봉투에 적힌 주소를 찾을 수 있었다.

광고 스티커가 덕지덕지 붙은 나무 대문 집이었다. 윤옥은 문틈으로 집 안을 살폈다. 마당 한가운데에 수돗가가 보였고 댓돌 주변에 고무신들이 아무렇게나 흩어져 있었다. ㄱ 자로 꺾인 집 구조와 크기로 볼 때 방이 대여섯 개는 있을 것 같았다. 빛바랜 러닝셔츠 차림의 남자가 둔한 걸음걸이로 집 뒤에서 마당으로 나왔다. 스님처럼 머리를 민 남자의 누런 러닝셔츠 한가운데에는 붉은 십자가가 그려져 있었다. 남자 뒤로 비슷한 행색의 남자가 걸어 나왔다. 두 사람은 마당 한가운데 쭈그려 앉아 널어놓은 약초 뿌리와 줄기, 이파리들을 가지런히 정리하기 시작했다. 대청마루 기둥에 세로로 걸린 낡은 나무 현판이 보였다. 나무 현판에는 검정색 궁서체로 '기적의 집'이라는 글자가 음각되어 있었다.

윤옥은 대문 앞에 똑바로 섰다. 대문을 두드리려고 손을 올렸다가 멈칫했다. 가슴이 아팠고 무서웠다. 윤옥은 손을 내리고 두어 걸음 뒤로 물러섰다. 저 대문 너머에 지호가 있을 터였다. 지호를 만나면 어떻게 할 것인가, 지호가 집으로 돌아가고 싶어 하면 어찌할 것인가 하는 생각이 뒤미쳤다. 지호와 함께 사는 게 어떤 것인지 윤옥은 알았다. 다시 10년 전 생활로 돌아가는 건 상상도 하고 싶지 않았다. 문을 열면 그 뒤로 어떤 일이 이어질지 알 수 없었다. 윤옥은 땀이 찬 손바닥을 옷에 문질렀다.

'도망치면 안 돼.'

윤옥은 문을 노려보다가 숨을 크게 들이쉰 다음 풀린 머리칼을 뒤로 모아 단단히 묶었다. 성큼성큼 걸어가 대문을 열었다. 돌쩌귀 돌아가는 소리가 울렸다. 얼굴을 찡그리게 될 정도로 요란한 소리였다. 윤옥은 조심스러운 걸음걸이로 문턱을 넘었다. 마당에서 약초와 나물을 정리하던 두 사람이 윤옥을 보고는 이를 드러내며 웃었다. 윤옥은 집 안을 둘러보며 물었다.

"여기가 기적의 집이 맞나요?"

두 사람은 웃기만 했다. 윤옥이 안쪽을 향해 "하성호 목사님 계시나요?" 하고 말했으나 기척이 없었다. 한 번 더 목소리를 높여 하성호 목사를 찾자 부엌에서 한 여자가 나왔다. 헐렁한 바지와 늘어진 티셔츠 차림의 50대 여자였다. 윤옥은 움츠러든 목소리로 물었다.

"하성호 목사님 계신가요?"

"누구?"

의심 섞인 표정이었다. 윤옥이 조심스러운 목소리로 말했다.

"제 동생이 여기 있다고 해서요."

여자는 흘겨보는 눈초리를 거두지 않았다.

"그래서요?"

당황스러운 반응이었다. 윤옥은 마음을 다독이며 공손히 물었다.

"지호를 보고 싶어서요. 잠깐이라도 만날 수 있으면 좋겠는데요."

여자는 "지호? 지호?" 하면서 생각을 더듬는 눈치였다. 그러다 돌연 윤옥을 흘끗 쳐다보았다. 조금 전과 달리 또렷해진 눈빛이었다. 여자는 손사래를 치며 말했다.

"아유, 몰라요, 몰라. 얼렁 가요. 왜 남의 집에 막 들어와."

여자가 몸을 돌렸다. 목에서 맥박이 느껴질 정도로 가슴이 뛰었다. 윤옥은 자기도 모르게 부엌으로 돌아가는 여자의 팔을 잡았다. 여자는 "아, 왜 이래?" 하며 거칠게 반응했다. 윤옥이 힘주어 물었다.

"하성호 목사님 어디 있어요? 지호는요?"

"무슨 소리 하는지 난 도통 몰라. 왜 갑자기 난리야?"

"여기 하성호 목사님네 기적의 집 아니에요?"

"그런 사람 없어! 얼렁 나가요!"

윤옥은 마당에서 자신과 여자를 번갈아 보며 헤벌쭉 웃는 짧은 머리의 남자에게 물었다.

"지호 알아요? 내 동생인데요. 얼굴이 하얗고 일어서지를 못해요."

남자가 방심한 얼굴로 고개를 끄덕였다. 여자는 고개를 끄덕이는 남자에게 "니가 뭘 알아! 뭘!" 하고 윽박질렀다. 남자는 겁먹은 얼굴로 목을 움츠리며 "잘못했습니다. 잘못했습니다. 회개하겠습니다. 회개하겠습니다" 하고 웅얼거렸다.

윤옥은 마루로 올라갔다.

"지호야, 지호 있니? 누나야. 누나가 왔어."

목소리가 떨렸다. 어디에선가 지호가 아, 아, 하고 윤옥을 부를 것 같았다. 뒤에서 여자가 빗자루를 들고 따라오며 당장 내려오라고 악을 썼다. 윤옥은 상관하지 않았다. 색 바랜 미키마우스 시트지가 붙어 있는 문을 열고 안을 확인했다. 역한 소독약 냄새에 윤옥은 자기도 모르게 손으로 코와 입을 막았다. 속옷만 걸치고 머리를 밀어버린 세 사람이 힘겹게 고개를 돌려 윤옥을 올려다보았다. 이불에 뒤엉킨 채 꿈틀거리는 사람도 있었다. 지호와 비슷한 처지인 사람들이었으나 지호는 없었다. 다음 방도, 다음 방도 마찬가지였다. 하나같이 영양 상태가 나빠 보였고 차림은 더러웠다. 치우지 않은 대변이 방구석에 검게 뭉쳐 있는 방도 있었다. 지호가 이런 곳에서 살았을 거라는 생각에 윤옥은 미쳐버릴 것 같았다. 여자가 윤옥을 우악스럽게 잡아당기며 악을 썼다.

"당장 나가!"

"놔요!"

윤옥은 비틀거리며 여자를 뿌리쳤다. 여자가 눈을 희뜩이며 소리를 질렀다.

"버릴 때는 언제고 인제 와서 뭔 난리여!"

가슴이 터져버릴 것 같았다. 윤옥은 제법 커 보이는 방문을 열었다. 안방으로 보이는 그 방에는 책상과 책꽂이가 있었다. 책상 옆에는 커다란 소주병들이 줄지어 놓여 있었다. 윤옥은 책상에 꽂혀 있는 서류철을 뒤지다가 하성호 목사의 이름을 발견했다. 윤옥은 서류철을 여자에게 들이대며 말했다.

"하성호 목사님 어디 있어요? 지호는요?"

여자는 당황한 기색을 감추며 쏘는 투로 말했다.

"내가 어떻게 알아. 하성호 목사는 진작 여길 떴구먼."

"떠요? 어디로요?"

"선교 갔어! 필리핀인지 베트남인지 아무튼 거기로 간 지가 몇 년인데."

윤옥은 정신이 아득했다. 어지럼증이 일었다.

"그럼 지호는요?"

"모르지. 몇 놈 데리고 갔는데 그중 있었을지."

지호를 데리고 비행기를 타는 모습은 그려지지 않았다. 지호가 간 곳을 알아야 했다. 하성호 목사의 흔적이라도 찾아야 했다. 윤옥은 서류철에서 하성호 목사가 소속된 교단을 확인하고 기적의 집을 뛰쳐나왔다.

윤옥은 서울로 돌아왔다. 다음 날 아침 하성호 목사가 소속되어 있다는 교단 본부를 찾아갔다. 서울 한복판에 있는 개신교 회관이었다. 3층까지는 교단 사무실이, 4층부터 8층까지는 숙박 시설과 예배당, 강의실이 있는 건물이었다. 30분쯤 기다려 사무장이라는 남자를 만날 수 있었다. 사무실 일을 보는 젊은 여자가 소파에 앉은 윤옥에게 물이 담긴 컵을 가져다주었다. 윤옥의 사정을 들은 사무장은 헛기침을 하며 난처하다는 표정을 지었다. 하성호 목사가 자기네 교단 소속이었던 것은 맞지만 5년 전에 사기죄로 고소당하면서 면직 처리됐다고 했다. 그 뒤 장애인들을 데리고 여러 교회를 돌며 후원금을 걷고는 자취를 감췄다고 했다. 사무장은 말했다.

"그런 사기꾼 목사는 저도 처음 봤어요. 장애인들 부모한테 돈 받아내서 챙기고 그랬어요. 저희도 사태를 파악하고 나서 기겁했죠."

사무장은 딱하다는 얼굴을 했다. 윤옥처럼 여기에 찾아온 이들이 그동안 서너 명 있었으나 딱히 할 수 있는 게 없었다고 했다. 하성호 목사가 장애인들을 양자로 입적했기 때문에 실종 신고도 할 수 없었다고 했다. 법적으로 실종 신고는 가족만 할 수 있다는 말도 덧붙였다. 기적의 집이 지금까지 남아 있었는지도 몰랐다며 자기들이 확인하고 경찰에 신고하겠다고 했다.

윤옥은 눈만 껌벅였다. 눈물도 나지 않았다. 윤옥을 바라보던 사무장은 안쓰럽다는 얼굴로 말했다.

"찾으시게요?"

윤옥은 쪽방촌으로 돌아가지 않았다. 인천으로 가지도 않았다. 갈피를 잡지 못한 생각들이 터지듯이 올라왔다. 엄마에게 이 일을 알려야 하지 않을까, 지호는 어디에 있을까, 엄마가 알게 되면 어떤 일이 벌어질까, 엄마는 지호를 찾을까, 아니면 괴로워하기만 할까, 지호를 찾아 좀 더 나은 시설에 맡겨야 하지 않을까, 엄마는 하성호 목사에게 돈을 보냈을까, 보냈다면 언제까지 보냈을까, 엄마는 지호가 실종됐다는 걸 알고 있었을까, 윤옥은 생각했다. 어쩌면 엄마는 이 모든 걸 알고 있을지도 몰랐다. 그걸 확인하는 게 두려웠다.

교단 본부를 나와 무작정 거리를 걸었다. 정류장에서 한강으로 가는 버스를 타고 차창으로 사람과 버스와 택시가 오가는 거리를 바라보았다. 지호가 이런 것들을 보았으면 좋아했을 텐데, 생각했다. 버스를 타고 가다가 공중전화 부스가 있는 곳에서 내렸다. 시외전화가 되는 공중전화가 적었기 때문인지 기다리는 줄이 길었다. 윤옥은 노란색 공중전화에 동전을 넣고 다이얼을 돌렸다.

"저예요."

수화기 너머로 엄마의 목소리가 들렸다.

"잘 지내니?"

"원주에 갔었어요."

대답이 빨랐다.

"그랬구나."

"……지호가, 없어요."

엄마는 반응이 없었다.

"하성호 목사가."

"윤옥아."

윤옥은 목울대가 움직이도록 침을 삼켰다. 가슴뼈 아래에서 무언가가 꼬이고 뭉치는 것 같았다. 엄마에게서 듣게 될 말이 두려웠다. 윤옥의 머릿속이 둔하게 흔들렸다. 술에 취한 것처럼 몸을 가누기가 어려워서 손으로 공중전화를 붙들었다.

엄마의 말이 떨어졌다.

"그런 애들은 원래 오래 못 산다."

윤옥은 수화기를 움켜쥐었다. 지호가 없어진 걸 알고 계셨느냐고, 하성호 목사가 그런 사람이라는 걸 언제부터 알았느냐고 확인하고 싶었다. 지호는 살아 있는 거냐고 묻고 싶었다. 엄마는 앞서 대답했다.

"묻지 마라. 찾지도 말고."

윤옥은 전화를 끊었다. 잘그락거리며 남은 동전이 떨어졌다. 윤옥은 보도블록을 따라 걸었다. 한강대교로 이어지는 길이었다. 무심한 얼굴을 한 사람들이 바삐 지나갔다. 복잡하게 엉킨 전깃줄 너머로 구름 낀 하늘이 보였다. 다리 아래 강물이 이따금 잔물결을 일으키며 흘렀다.

다리를 건넌 윤옥은 식당으로 들어가 육개장을 시켰다. 국물은 멀겠고 깍두기는 물렀다. 숟가락을 들지도 않고 값을 치렀다. 육교 위에서 구걸하는 걸인의 깡통에 손에 집히는 대로 돈을 넣었다. 다시 식당에 들어가 메뉴판 맨 위에 있는 음식을 주문했다. 점심시간 전이어서 식당은 한산했다. 음식이 나올 때까지 윤옥은 허리를 꼿꼿이 세우고 창밖을 쳐다보았다. 뚝배기 열기로 부글거리는 순댓국이 나왔다.

윤옥은 순댓국에 밥을 말았다. 숟가락으로 국물과 밥을 퍼서 입 안에 넣었다가 바로 기침이 터졌다. 윤옥은 기도로 들어간 밥 알을 뱉어낼 때까지 허리가 휘도록 여러 번 기침을 했다. 윤옥은 다시 식탁 앞에 앉았다. 숟가락으로 다시 국물과 밥을 퍼서 입 안에 넣었다.

식당 여주인이 다가와 윤옥의 식탁에 물기 맺힌 컵을 내려놓 으며 말했다.

"괜찮아요?"

허리를 숙여 감사 인사를 하는데 식탁 위에 눈물이 떨어졌다. 입가를 닦고 다시 숟가락을 집어 들었으나 윤옥은 더는 먹을 수 가 없었다.

2부

———

국 어 교 사 정 윤 옥

———

– 9 –

모니터에 교감이 보낸 메시지가 떴다.

– 마음 정하셨죠?

깊은 한숨이 났고 마음이 짓눌리는 것 같았다. 너무 일찍 버림받은 기분도 들었다. 내후년이면 정년퇴임. 교직 생활의 마지막 학교가 이곳이었다. 굴곡이 여러 번 있었어도 자신이 좋아하고 잘하는 일을 하며 살아왔다는 자부심만큼은 분명했다. 윤옥은 회신하지 않고 메시지 창을 닫아버렸다.

생각을 다른 데로 돌리고 싶었다. 윤옥은 포털사이트에 접속했다. 김정훈 교육감의 뇌물 수수 비리가 포털 뉴스란 한가운데 떠 있었다. 윤옥은 비리에 연루된 것으로 보인다는 최측근 비서

관을 알아보았다. 민들레 야학 시절 정훈이 후배라며 데리고 들어왔던 박태우였다. 정훈은 민들레 야학 1층에서 벌어진 술판에서 윤옥에게 태우를 소개하며 이렇게 말했다.

"윤옥아! 얘는 동지가 아니야! 내 가족이다, 가족!"

박태우는 윤옥보다 세 살 어렸다. 갸름한 얼굴에 귀여운 인상이었다. 민들레 야학에서는 사회과 수업과 잡다한 교무 업무를 맡는데 과중한 업무에도 지친 기색을 드러내지 않았다. 하루를 마무리하는 회의 자리에서 박태우는 "우리 애들이 이 땅의 늘 푸른 청년으로 자랐으면 좋겠어요. 그래서 저는 가르칩니다"라고 말하며 눈시울을 붉혔다.

김정훈 교육감의 비리가 세상에 드러난 것은 곱창집 난동 때문이었다. 교사들 사이에서는 꽤 유명한 소문이었다.

곱창집에서 만취한 여자 장학사와 남자 장학사가 몸싸움을 벌였다. 싸움이라는 문구는 남자 장학사의 입장을 고려해서 붙인 단어였을 뿐 사건의 실질적인 내용과는 어울리지 않았다. 여자 장학사의 체구가 비대한 편인 데 비해 남자 장학사는 그보다 나이가 더 많고 정장 바지가 헐렁거릴 만큼 마른 사람이었다. 남자 장학사는 그야말로 곤죽이 되도록 맞았다. 숟가락으로 맞고 핸드폰으로 맞고 핸드백으로 맞았다. 마무리는 빨간색 하이힐의 금속 재질 뒷굽이었는데, 여자 장학사가 하이힐 뒷굽으로 바닥에 널브러진 남자 장학사의 이마를 찍자 정말 분수처럼 피가 솟구쳤다고 했다.

여자 장학사는 말리는 사람들을 휘저으며 남자 장학사의 허벅지와 어깨를 걷어찼다. 근처를 순찰하던 경찰이 '아, 또 이게 뭔 일이야' 하는 얼굴로 곱창집에 들어섰다. 연말이니만큼 자주 벌어지는 일이었다. 단순 술집 난동 사건으로 처리될 일이었다. 치정 사건도 아니고 직장 동료끼리 시비가 붙어 생긴 일이었으니 원만하게 합의하면 될 일이었다. 그러나 경찰은 두 장학사를 경찰서로 데려갔다. 여자 장학사가 남자 장학사에게 숟가락을 던지기 전까지 나누던 대화가 옆자리에 앉아 있던 40대 초반의 검사에게 들릴 만큼 컸던 탓이었다. "박 장학사님, 내 돈 먹고 저한테 이럴 수 있어요?", "위도 챙기고 아래도 돌보고 그러면 남는 것도 없다니까" 하는 대화를, 검사는 풋고추를 아작아작 씹으며 잠잠히 듣기만 했다. 경찰에게 붙들린 여자 장학사가 팔다리를 벌리고 반듯하게 누운 남자 장학사를 향해 "야! 이 파렴치한 새끼야!" 하고 혀 꼬부라진 소리로 악다구니를 쓸 때, 검사는 테이블에서 일어나 검정 코트의 단추를 위에서부터 하나씩 채워 내려갔다. 검사는 출동한 경찰에게 명함을 주며 몇 마디 당부의 말을 했다. 두 장학사는 각별한 사건처리 절차를 밟았고 경찰들의 말주변이 좋았기 때문인지 술기운과 분을 못 이겼기 때문인지 여자 장학사는 교육 전문직 선발시험 때 윗선에 2000만 원을 제공했다고 털어놓았다.

정훈을 대상으로 한 수사는 차질 없이 진행됐다. 추정, 정황, 의심 같은 단어로 시작했던 보도들이 확인, 증거, 증언 같은 단어들로 완성되어 가고 있었다. 정훈은 자기 아래에 있는 사람들 중 몇을 고르고 골라 바늘로 다슬기 알맹이 빼먹듯 돈을 받아챙겼다. 급습한 압수 수색에서 정훈의 자택 옷장 금고에 쌓아둔 현금 다발이 발견됐다.

박태우는 정훈이 작정한 비리를 충실히 이행했다. 정훈과 함께 구속될 가능성이 크다고 했다. 박태우의 나이는 쉰일곱이었다. 자기가 서 있는 자리에 책임을 져야 하는 나이였다. 스크롤 바를 아래로 내리는데 정훈의 비리를 수사하는 과정에서 소환됐던 고등학교 교장이 문고리에 목을 매고 자살했다는 기사가 떴다. 설마 하는 마음에 관련 기사를 더 찾아보았다. 예감이 틀리지 않았다. 자살한 교장은 10년 전 윤옥과 같은 학교에서 근무했던 교사였다. 각별한 친분이 있는 것은 아니지만 성실하고 강직한 성품의 체육 교사였다. 그가 정훈에게 상납한 금액도 2000만 원이었다.

뇌물 수수라니.

정훈이 어쩌다 이렇게 됐을까. 대학 시절 정훈은 거리 시위가 있을 때면 종종 사수대를 자원했다. 생리대를 안에 덧댄 마스크를 쓰고 쇠 파이프를 휘두르며 전경들을 가로막았다. 대학교 3학년 때는 남영동 대공분실에 끌려 들어가기도 했다. 정훈은 신규 교사 시절의 윤옥에게 민들레 야학을 함께하자고 말하면서 교육으로 새로운 세상을 열고 싶다고 했다. 가난하고 억눌린 사람들을 위한 실질적인 대안을 만들고 싶다고, 한국의 프레이리가 되고 싶다고 했다. 듀이처럼 실험학교를 만들어보자고도 했다.

천장 스피커에서 수업 시작을 알리는 멜로디가 울렸다. 교무실의 교사들이 하나둘 일어섰다. 윤옥은 공강이었다. 윤옥은 모니터에 뜬 뉴스 창을 닫고 손으로 눈을 문질렀다. 문득 엄마의 안부가 궁금했다.

수림 엄마의 장례식이 끝난 지 이틀이 지났다. 50년을 함께했던 사람이 세상을 먼저 떠났으니 마음이 오죽하실까 싶었다. 장례식장에서 보았던 엄마의 심상치 않은 분위기도 마음에 걸렸다.

엄마에게 전화를 걸었으나 받지 않았다. 다시 걸어보아도 마찬가지였다. 윤옥은 핸드폰에서 기주의 번호를 찾아 전화를 걸었다. 기주라면 엄마의 상황을 알지도 몰랐다.

전화 너머에서 기주의 목소리가 들려왔다. 윤옥은 간단한 안부를 묻고는 용건을 꺼냈다.

"우리 엄마 말이야. 전화가 안 돼서. 무슨 일 있어?"

"일이라면 수림상회 문 아예 닫으신 거?"

"문을 닫아?"

"몰랐어? 이제 그만하신다는 거 같던데."

말문이 막혔다. 잠시 입을 닫았던 기주가 대수롭잖은 투로 말했다.

"야야, 너무 걱정하지 마라. 수림 엄마 장례식이 그저께 끝났으니까 아무래도 마음이 좀 그러시겠지. 잠깐 어디 바람이라도 쐬러 가신 거 아니겠어?"

그건 그럴 법했다. 윤옥이 궁금하고 걱정되는 건 지난 두 달이었다. 엄마는 수림 엄마를 요양원에 보내고 수림상회 문도 닫아가며 무언가를 했다. 윤옥에게는 감춘 어떤 일. 지난 두 달 동안 일주일에 두어 번 전화 통화를 했지만 그때마다 엄마는 별일 없이 잘 있으니 걱정하지 말라는 식으로 말하곤 했다.

윤옥은 기주에게 엄마가 돌아오면 알려달라고 당부하고 전화를 끊었다. 그때 핸드폰으로 문자 메시지가 왔다.

- 내일 갈게요.

수연이 보낸 메시지였다. 내일 반찬을 가져갈 테니 빈 반찬통을 문 앞에 내놓아 달라는 말이었다. 수연이 반찬을 가져다주는 건 보통 한 달에 한 번이었다. 수연은 차를 타고 50분은 달려야 하는 곳에 살았다. 윤옥은 답 메시지를 보냈다.

- 며칠 전에 왔는데 또?

회신이 바로 왔다.

- 연근조림을 했는데 너무 맛있는 거예요. 상현이가 좋아하기도 하고요.

- 그래. 고맙다.

다정한 수연의 말이 고마웠다. 상하고 흔들리던 마음이 어루만져지는 것 같았다. 그래도 어쩔 수 없이 수연의 메시지를 보면 가슴이 쓰렸다. 수연의 나이도 이제 쉰셋이었다. 윤옥과는 일곱 살 차이. 신규 교사 시절 첫 학교에서 만난 아이였다. 수연은 윤옥에게 마음 아픈 아이였고 지금도 여전했다. 아무리 수연이 괜찮아졌어도 그건 어쩔 수가 없었다.

수연을 알게 된 건 윤옥이 신규 발령을 받았던 서울 북부의 여자고등학교에서였다. 윤옥의 교무실 책상 위에는 늘 꽃이 있었다. 윤옥의 자리 뒤를 지나가던 교무주임이 "정 선생, 3년 차 인기가 하늘을 찌르는구만" 하고 말하며 웃었다. 꽃병 옆에는 로션 냄새가 풍기는 꽃무늬 편지가 있었다. 윤옥은 동료 교사들 눈치를 살피며 편지지를 폈다. 소소한 자기 일상 이야기부터 선생님의 은혜에 감사한다, 수업이 너무 재미있다, 하는 문구로 시작되는 말들이 그야말로 구구절절하게 이어졌다. 윤옥은 입가에 번지는 미소를 감추려고 손으로 얼굴을 감쌌다. 맞은편 책상에 앉아 있던 2학년 남자 교사가 "저거 봐 저거. 얼굴 빨개지는 거"

하며 웃음기 어린 목소리로 놀리듯이 말했다.

발령받고 처음으로 맡은 담임 역할이었다. 윤옥은 담임교사 일이 좋았다. "방과 후에 환경 미화 할 사람?" 하고 물으면 열 명 도 넘는 여학생들이 일제히 손을 들었다. 고마운 마음에 떡볶이 와 순대 같은 걸 사다 주면 학생들은 손뼉을 치며 좋아했다. 교 무실에 있는 것보다 교실에 있는 게 좋았다. 담임을 맡고 나서 일 이 배로 늘었지만 그래도 즐거웠다. 5월에는 학급 야영도 할 계 획이었다.

"상담실 갑시다. 학년 회의 하러."

옆 반 선생님이 윤옥의 책상 뒤를 지나며 말했다. 바로 가겠다 고 말하며 윤옥은 편지를 곱게 접어 서랍 속에 세로로 꽂아 정 리해 두었다. 수첩을 들고 담임교사 회의가 열리는 상담실로 향 했다. 상담실 문을 열고 들어가자 이미 기다리고 있던 열 명 남 짓의 교사들이 눈에 들어왔다. 상담실 안에는 싱크대와 수도가 있었다. 여자 선생님 두 명이 딸기를 씻고 있어서 윤옥도 얼른 가서 도왔다.

학년 초 바쁜 일들이 어느 정도 지나간 뒤라 다들 한숨 돌리 는 분위기였다. 2학년 담임교사는 모두 열두 명인데, 입담 좋은 선생들이 여럿 있어서 윤옥은 가만히 앉아 듣기만 해도 됐다. 윤 옥이 학년 회의에서 중심에 오르는 건 연애 얘기나 결혼 얘기가 나올 때 잠깐이었다. 대학 시절 교제하다 헤어진 경험이 한 번 있기는 했으나 윤옥은 그냥 웃고 말았다. 결혼도 별생각이 없어서 할 말이 없었다.

상담실 문이 열리고 조성탁 주임 교사가 들어왔다. 교사들이 "안녕하세요, 주임님" 하고 인사했으나 조성탁 주임은 시선을 맞추지 않고 덜컥 앉아버렸다. 일순 어색한 기운이 감돌았고 교사들이 서로의 얼굴을 흘끗거리며 눈짓을 했다. 윤옥의 옆에 앉은 남자 교사가 말했다.

"주임님, 좀 쉬면서 일하세요. 그러다 몸 축나시겠어요. 딸기도 좀 드시고."

조성탁 주임은 자신이 실수했다는 듯 "아, 그럴까요?" 하며 즉각 일어섰다. 너무 급히 일어서서 접이식 의자가 요란한 소리를 내며 뒤로 넘어갔다. 조성탁 주임은 "아, 이런. 이런" 하고 중얼거리며 의자를 바로 세웠다.

50대 초반의 조성탁 주임은 체구가 작고 마른 남자였다. 검정 뿔테 안경을 쓴 눈은 나이에 어울리지 않게 컸다. 2학년 담임교사들은 조성탁 주임을 좋아하지 않았다. 앞에서는 깍듯이 대우했지만 뒤에서는 답답하다는 얼굴로 한숨을 쉬었다. 뒤늦은 승진 준비로 바쁜 사람이었다. 들리는 말로는 수업 시간에 학생들에게 자습을 시키고 연구 보고서를 쓴다고 했다. 연구 대회 참가 신청을 세 개나 해서 윤옥보다 퇴근이 늦었다. 교장에게 간청하여 2학년 주임을 맡은 것도 승진에 필요한 보직 점수를 채우기 위해서라고 했다. 승진에 매달리기 전까지는 아침 일찍 출근하고 학생들 앞에서 수줍게 웃는 교사였다고 했다.

"딸기가 맛있네요."

조성탁 주임은 자기 몫으로 따로 담겨 있는 딸기를 이쑤시개로 폭폭 찍어 먹었다. 나머지 교사들도 말없이 딸기를 우물거렸다. 불편하고 어색한 정적이 감돌았다.

"시작할까요?"

조성탁 주임은 교사들이 수첩을 펼 때까지 기다렸다가 맹맹한 목소리로 뉴스 아나운서처럼 주임 회의 내용을 전달했다.

"교장 선생님께서는 학생들의 용모에 대해서 말씀하셨습니다. 3월 중순에 애들을 잡지 않으면 두고두고 후회하게 된다고 하셨습니다. 학생부에서 확정한 두발 기준을 학생들에게 공지하시기 바랍니다. 지키지 않을 경우 학생들에게 적절한 체벌이 뒤따를 겁니다. 명찰과 복장, 용모 규정의 철저한 준수를 하달하셨습니다."

교사들은 수첩에 교장이 한 이야기를 꼼꼼히 적었다. 윤옥도 따라 적었다. 조성탁 주임은 계속해서 주임 회의 전달 사항을 읽었다. 그러다 지나가듯이 말했다.

"각 반 임원 학생들한테 학부모 회비 걷어서 저한테 주시는 거 잊지 마시고요."

다른 동료들은 네에, 하며 알고 있다는 소리로 넘겼으나 윤옥은 모르는 얘기였다. 윤옥이 고개를 내밀며 질문을 하려고 하자 옆에 있던 남자 교사가 "그런 거 있어. 학기 초에 한 번 걷는 거" 하고 말했다.

학년 회의를 마치고 돌아오는 복도에서 윤옥은 옆 반 교사에게 물었다.

"임원 학부모 회비가 뭐예요?"

옆 반 교사는 애들이 다 안다고 말하며 윤옥의 손목을 두드렸다.

"정 선생님은 그냥 말만 하면 돼."

윤옥은 종례를 하고 학급 임원 일곱 명을 교탁 앞으로 불렀다. 반장과 부반장, 서기, 총무부장, 학습부장, 환경부장, 체육부장을 맡은 애들이었다. 임원들이 윤옥 앞에 나란히 섰다. 교실을 청소하던 애들이 윤옥과 임원 친구들을 흘끗거렸다. 윤옥은 잘 지내고 있느냐, 교실 분위기는 어떠냐 하고 묻고는 임원 학부모 회비 이야기를 꺼냈다.

"임원 학부모 회비를 걷는다는 게 무슨 말이지?"

반장인 효진이 아, 하며 시선을 피했다. 다른 애들도 아는 눈치였으나 선뜻 대답하지는 않았다. 부반장 선영이 말했다.

"선생님, 그런 거 있어요. 각 반 임원들한테서 걷는 돈이요."

윤옥은 얼른 이해가 가지 않았다.

"임원들한테 돈을 걷어? 학교에서?"

진주가 말했다.

"모르셨어요? 그래서 영숙이가 반장 후보로 안 나온 거예요. 걔네 집이 좀."

옆에 서 있던 선영이 팔꿈치로 진주를 건드리며 야, 하고 속삭이듯 말했다. 반장 선거 내내 무신경한 얼굴로 창밖을 보던 영숙의 얼굴이 생각났다. 평소와 달라서 쟤가 무슨 일이 있나, 하고 생각했었다. 윤옥이 물었다.

"얼마나?"

"임원에 따라 달라요. 반장은 20만 원, 부반장은 15만 원, 부장 네 명은 10만 원씩이에요. 서기 맡은 주현이는 5만 원이고요."

"전교회장은 더 많아요. 전교 임원들도 마찬가지고요. 그 금액은 저희도 몰라요."

정신이 아득해지는 것 같았다. 윤옥이 물었다.

"원래 그렇게들 해?"

효진이 씁쓸하게 웃으며 "선생님은 반장 같은 거 안 해보셨나 봐요" 하고 말했다. 자기 딴에는 웃음으로 넘기려는 말인 듯했지만, 윤옥의 얼굴을 보고는 바로 고개를 숙였다.

"알았어. 집에들 가."

효진이 돌아서다 말고 말했다.

"돈은요?"

윤옥은 말했다.

"일단은 가져오지 마라."

윤옥은 교탁 앞에 가만히 서 있다가 평소처럼 학생들과 같이 빗자루질을 하고 책걸상 위치를 바로잡았다. 윤옥은 의자를 하나하나 내리면서 계산을 했다. 윤옥이 일하는 학교에는 모두 서른여섯 학급이 있었다. 한 반에서 80만 원을 걷고 전교 임원들에게서 따로 돈을 걷으면 3000만 원이 넘을지도 몰랐다. 윤옥은 청소를 마무리하고 조성탁 주임을 찾아갔다.

임원 학부모 회비 얘기를 꺼내자 조성탁 주임은 윤옥을 데리고 상담실로 들어갔다. 뿔테 안경을 고쳐 쓰고 팔짱을 끼었다 풀기를 반복했다. 긴장한 빛이 역력해서 되레 윤옥이 당황스러울 정도였다. 조성탁 주임이 윤옥을 올려다보며 말했다.

"그러니까, 그러니까, 정 선생은 학부모 회비를 걷는 게 부당하다고 느낀다는?"

작은 목소리가 불안정하게 떨렸다. 윤옥은 정중한 목소리를 내기 위해 애썼다.

"회비 걷는 거 자체가 문제라는 건 아니고요. 돈이라는 게 아무래도 조심해야 할 구석이 있어서요."

"아, 그렇지. 물론 돈은 그래요. 어른스러운 태도네. 어른스러운."

조성탁 주임의 관자놀이로 땀이 한 방울 흘렀다. 아무래도 지나친 감이 있어서 불안했다. 조성탁 주임은 안경을 벗어서 입김을 불었다. 주머니에서 수건을 꺼내어 안경을 닦고 다시 썼다. 조성탁 주임이 말했다.

"그러니까 그 돈은 지금까지 학교에서 계속 걷었던 돈이에요. 학교 발전과 교사 사기 진작을 위해 쓰이는 돈이었어요. 수업 연구나 학생지도에 필요한 돈이기도 하고요."

윤옥은 입을 닫았다. 돈의 쓰임새가 납득되지 않았다. 조성탁 주임은 양복 상의 주머니에 손을 넣고 윤옥을 올려다보았다.

"회비를…… 걷기 어렵다는 건 아니죠?"

윤옥에게서 대답이 없자 조성탁 주임은 불안한 얼굴로 "이걸 어쩐다. 이걸 어쩐다. 아, 이걸 어쩐다" 하고 중얼거리다가 이마를 손바닥으로 닦으며 말했다.

"그러면 일단 교감 선생님한테 말씀을 좀 드리고."

조성탁 주임은 상담실 문을 열고 빠른 걸음으로 나갔다.

– 11 –

　교사 발령 후 새로 이사한 윤옥의 자취방은 지금까지 살아왔던 집 중에 가장 나았다. 3층 빌라 건물 중 1층으로, 상가 뒤편의 창고를 살림집으로 개조한 방이었다. 부엌도 방 밖에 있었다. 화장실이 내부에 없어서 윤옥은 방 반대편에 있는 공용 화장실을 사용해야 했다. 그래도 윤옥은 600만 원으로 첫 전셋집을 얻었다는 데 감격했다.

　윤옥은 자취방 벽에 기대어 논문을 읽으며 일요일 오전을 보냈다. 브루너의 발견학습 이론을 국어교육에 접목하는 방안에 관한 연구였는데, 윤옥이 그동안 보았던 박사 논문들과 비교해 주제가 약한 느낌이었다. 논리 정연한 추상성은 강점으로 읽혔으나 현실 적용이 가능할지, 수업에서 고등 사고능력으로의 도야가 실제로 일어나게 될지는 의문이었다. 학교생활에 어느 정도 적용되고 돈이 모이면 기회를 봐서 대학원에 가고 싶었다. 석사과정과 박사과정을 거쳐 공부하는 삶을 살고 싶기도 했다.

윤옥이 겪은 현장 교육은 대학 때 공부했던 것과 달랐다. 대학 때 매료됐던 '지식의 구조 전수' 아이디어를 자신의 수업을 통해 구현하고자 했으나 실제 적용은 쉽지 않았다. 수업의 성패는 학생들의 개인 사정과 교실 분위기에 따라 큰 차이를 보였다. 잘 짜인 수업 계획도 중요했지만 교사와 학생 사이의 인간관계도 수업에 상당한 영향을 미쳤다. 무엇보다 입시 중심으로 돌아가는 학교문화에서는 진정성 있는 무언가를 시도해 볼 여지가 좁았다. 교실 뒷벽에는 성적 석차별로 정렬된 학생들의 명단이 붙어 있었고 성적이 좋지 않으면 체벌이 뒤따랐다. 교사 중에는 당구봉이나 헤드를 잘라낸 테니스 라켓을 들고 다니는 이도 있었다. 강렬한 형광등 빛을 뿜는 한밤의 고등학교는 닭장 같았다.

윤옥은 지난주에 실패했던 자신의 수업들을 떠올렸다. 가슴이 답답했다. 나는 왜 그렇게 말을 많이 했을까, 하는 생각이 들었다. 자신이 의도한 것들을 욱여넣고 싶어서 조급해했던 것 같았다. 윤옥은 한숨을 내쉬며 일어섰다. 논문을 책꽂이에 꽂는데 아래 칸에 꽂혀 있는 낡은 책이 보였다. 입꼬리가 올라가면서 옛

날 생각이 났다.

피억압자의 교육학, 페다고지.

대학 시절, 정훈이 강의실 복도에서 윤옥에게 몰래 준 책이었다. 복사해서 무선 제본을 한 책으로 정식 출판물은 아니었다. 여러 사람의 손을 탔는지 거뭇할 정도로 손때가 묻어 있었다. 복사된 글자도 조악했고 간혹 번역이 덜 된 영문 원고도 끼어 있었다. 이 책을 건네받았던 대학교 3학년 어느 여름날, 정훈은 윤옥에게 프레이리를 아느냐고 물었다. 모른다고 하자 정훈은 "알 리가 없지" 하며 윤옥에게 책 한 권을 건넸다.

"이거 금서야."

"금서?"

"걸리면 감옥 간다."

"뭐?"

정훈은 "어려운 책이긴 한데, 너라면 관심 있을 것 같아서"라고 말하며 은근히 윤옥의 승부욕을 자극했다.

그날 윤옥은 쪽방에서 그 책을 다 읽었다. 무엇보다 '피억압자의 교육학'이라는 문구가 마음에서 떠나지 않았다. 윤옥은 다음 날 도서관이 문 여는 시간에 맞추어 학교로 갔다. 프레이리가 쓴 모든 책이 금서인 것은 아니었다. 윤옥은 그 책들을 모두 읽었다. 프레이리는 포르투갈에 의해 구축된 브라질의 사회체제가 민중을 어떻게 억압했는지 설명했고 굴종을 강요하는 사회체제를 뒤집을 저항이 교육을 통해 가능하다고 했다. 문맹퇴치 교육을 통해 민중을 다시 세우고자 했으며 '대화'를 핵심으로 하는 교육 방식을 통해 민중을 깨울 수 있다고 했다. 투쟁, 해방, 의식화 같은 단어가 과감히 쓰였고 그런 개념들은 윤옥의 지난 삶과 맞물리면서 살아 있는 지식으로 자리 잡았다.

프레이리를 공부하다 보면 가슴이 저렸다. 의식이 깨어나는 신선한 통증이었다. 가슴뼈 아래 쟁여둔 것들이 울컥거리며 솟아 나왔다. 자기를 보아달라고, 우리를 보아달라고, 아우성치는 지식이 윤옥에게 말을 걸었다. 우리를 무시하고도 네가 너일 수 있을 것 같으냐고 낮은 소리로 중얼거렸다. 엄마가 생각나는 학문이었다. 프레이리를 공부하다 보면 지호가 떠오르기도 했다. 윤옥은 프레이리에 단숨에 매료당했다. 공부하는 삶을 이어갈 수 있다면 학문중심 교육과정과 프레이리를 통합하는 연구를 해보고 싶었다.

자취방에 든 외풍에 콧물이 나왔다. 윤옥은 회색 체육복을 한 겹 더 겹쳐 입고 부엌으로 나갔다. 아침 겸 점심을 차릴 참이었다. 냄비를 가스레인지에 올리는데 반투명 유리창 너머로 사람 그림자가 어른거렸다. 2층으로 올라가려는 사람인가 싶었으나 그림자는 윤옥의 자취방 앞에서 이리저리 흔들릴 뿐 다른 곳으로 사라지지 않았다. 겁이 났다. 상대도 윤옥이 나온 걸 알아차렸는지 문을 툭툭, 두드리며 "정윤옥 선생님?" 하고 불렀다.

아는 목소리였다. 조성탁 주임이었다. 윤옥은 머리칼과 옷매무새를 다듬고 문을 열었다. 문에서 소름 돋는 쇳소리가 울려서 마음이 오그라들었다.

조성탁 주임은 정장 차림이었다. 뿔테 안경 속에서 깜작거리는 눈이 반질거렸다. 윤옥은 문을 열고 나가 인사를 했다. 께름칙하고 싫었다. 여긴 어쩐 일이냐는 말에 조성탁 주임은 너스레를 떨며 말했다.

"이 동네는 주소로 집을 찾기가 영 어렵더라고요."

"무슨 일이세요?"

"잠깐만 얘기하면 됩니다. 잠깐만."

조성탁 주임은 그렇게 말해놓고도 얼른 이야기를 꺼내지 않았다. 코를 훌쩍거리고 앞으로 맞잡은 손을 꼼지락거릴 뿐이었다. 윤옥은 조성탁 주임이 임원 학부모 회비 이야기를 하려는 것임을 알아차렸다.

조성탁 주임이 말했다.

"정 선생, 어제 효진이 어머니랑 선영이 어머니가 학교에 왔어요."

예상치 못한 이야기였다. 효진과 선영은 윤옥의 학급 반장과 부반장이었다.

"학교에요? 왜요?"

"그러니까, 그게."

조성탁 주임은 손가락으로 볼만 긁적였다. 윤옥이 "네, 말씀하셔요" 하고 재촉하자, 조성탁 주임이 말했다.

"그게…… 학교의 발전을 위해 자발적으로 내는 기부금을 왜 못 내게 하느냐고, 그래 말을 하네요?"

"네?"

"학부모들이 원해서 내는 돈인데 왜 받아주지 않느냐고."

조성탁 주임은 주먹 쥔 손을 입에 가까이 대며 흠, 흠, 하고 헛기침을 했다. 그러면서 말을 덧붙였다.

"임원 학부모 회비라는 게 학년별로 걷기로 약속한 금액이 있단 말이죠. 정 선생이 걷지 않으면 다른 반에서 돈을 더 걷거나 다른 반 담임이 채워야 할 수도 있어요."

조성탁 주임의 목소리는 또렷했다. 소리의 톤이 높았고 말도 빨랐다. 평소 학교에서 보던 모습이 진짜인지 지금의 이 모습이 진짜인지 헷갈렸다. 조성탁 주임이 말을 이었다.

"교감 선생님이 정 선생 많이 아끼시는 거 알죠? 같은 대학 후배라믄서요. 교장 선생님께서 정 선생 담임 주는 거 반대하신 거 몰랐죠? 교감 선생님이 각별히 신경을 쓰셨어요. 효진이 선영이 어머니도 정말 좋은 분이죠. 학교 일에 도움도 많이 주셨고."

학기 초, 효진과 선영의 어머니는 인사차 들렀다면서 윤옥에게 돈 봉투를 내밀었다. 윤옥이 받지 않자 다음 날 효진과 선영 편에 돈을 다시 보냈다. 효진은 수필집 책장 사이에, 선영은 파운드케이크를 담은 상자 사이에 돈을 끼워 가져왔다. 윤옥은 그마저도 돌려보냈다. 돈을 가져오는 학부모는 효진과 선영의 어머니만이 아니었다. 윤옥이 촌지를 받지 않는다는 편지를 써서 보냈는데도 학교에 상담하러 온 학부모들은 윤옥의 책상 위나 아래에 무언가를 두려고 했다. 윤옥은 돈을 받지 않았고 자기 모르게 두고 간 돈도 모두 돌려주었다.

윤옥이 얼른 대꾸하지 못하자 조성탁 주임이 입꼬리를 올리며 말했다.

"자발적 기부금을 막을 수는 없지 않을까요?"

정확히 모르는 영역이었다. 얼굴이 화끈거렸다. 석연치는 않으나 학교라고 해서 기부금을 못 걷는다는 법은 없을 것 같았다. 처음 담임을 맡은 주제에 괜한 일로 유난을 떠는 것은 아닌가, 하는 생각도 들었다.

"아무튼 나는 상황을 전했습니다."

윤옥은 조성탁 주임을 쳐다보았다. 각진 검정 뿔테 안에서 순박해 보이는 조성탁 주임의 두 눈이 반짝거렸다. 그 눈빛이 윤옥의 오기를 자극했다. 조성탁 주임은 웃는 얼굴로 "정 선생, 그럼, 내일 봐요" 하고 말했다. 윤옥은 고개 숙여 인사했다. 조성탁 주임은 대문 쪽으로 몇 걸음 걸어가다 말고 윤옥 쪽으로 몸을 돌렸다. 조성탁 주임이 빙글거리는 얼굴로 말했다.

"기부금은 받아야겠죠?"

윤옥은 대답했다.

"아뇨. 저는 싫습니다."

- 12 -

"자율학습은 자율적으로 참여해야 한다고 생각해서요."

건너편에 앉은 윤옥에게 들릴 정도로 또렷한 목소리였다. 자신의 담임교사에게 자율학습에 참여하지 않겠다고 한 사람은 3학년 최수연이었다.

수연의 담임교사가 말끝을 올리며 말했다.

"내가 왜 너만 빼주냐? 면학 분위기 흐트러지면 네가 책임질 거야?"

수연은 어리둥절한 목소리로 대꾸했다.

"제가 그걸 왜 책임지나요?"

수연의 말에 윤옥은 몰래 웃고 말았다. 담임교사는 어이가 없다는 듯 천장을 쳐다보며 야, 이 새끼, 진짜 독한 것, 하며 탄식을 연발했고 수연은 자율학습 불참을 선언하고는 교무실 밖으로 나갔다.

수연은 윤옥이 담임하는 학급의 학생이 아니었다. 3학년이었고 시사토론반의 반장이었다. 목이 가늘고 피부가 얇았다. 핏기 없고 해쓱한 얼굴은 냉소적인 인상으로 비쳤다. 어른인 척하고 싶어 하는 거라고 여기기에는 뭔가 사연이 있어 보였다. 윤옥은 수연이 1학년이었을 때 국어를 가르친 적이 있었다. 수연은 문학적 감수성도 상당하고 생각도 깊어서 여러모로 눈에 띄었다. 말수가 적은 학생이었으나 윤옥의 질문을 받으면 여러 번 고민해서 완성해야 하는 문장을 입말로 술술 풀어냈다. 생각의 척도, 생의 질곡, 날이 없는 칼 같은 말들로 문학작품에 대한 자기 생각과 감정을 설명했다. 얼핏 잘난 척하는 태도로 느껴질 수 있었지만 학생들은 수연을 따돌리지 않았다. 별 희한한 애도 다 있네, 하면서도 별종 하나쯤 있는 교실 풍경이 나쁘지 않다고 여기는 것 같았다.

윤옥이 수연을 상담실로 부르게 된 것은 영숙 때문이었다. 영숙은 윤옥의 학급 학생이었다. 체구가 유달리 작았고 말하는 걸 좋아했다. 집안 사정이 좋지 않아서 임원 선거에 나오지 않았다던 학생이었다. 윤옥의 관심을 얻고 싶어 하는 게 눈에 보였다.

복도에서 마주치면 명랑한 목소리로 "선생님, 안녕하세요!" 하고 인사하는 학생이었다. 성적 욕심이 많아 시험 때만 되면 초주검이 된 얼굴로 비실비실 웃곤 했다. 그런 영숙이 궁지에 몰린 얼굴로 교무실에 혼자 찾아와 윤옥에게 따로 할 말이 있다고 했다. 교무실에서는 곤란하다고 해서 윤옥은 상담실로 자리를 옮겼다.

"선생님, 수연 언니가요."

영숙은 거기까지 말하고 울음을 터트렸다. 검정 뿔테 안경을 벗고 손수건으로 눈두덩을 꾹꾹 눌렀다.

"수연 언니가요. 어떤 서클에 가입하라고 했어요."

영숙은 믿고 따르는 언니라서 잘 알아보지도 않고 좋다고 해버렸다고 했다. 야학하는 회관에 따라 갔는데 거기에서 NL이니 PD니 혁명이니 하는 소리를 해서 무서웠다는 거였다. 서클에 가입하지 않겠다고 하자 수연이 영숙에게 다른 데 가서 발설하지 말라며 위협했다고 했다.

영숙은 윤옥 앞에서 고개를 숙이고 울먹이며 말했다.

"선생님, 저 좀 도와주세요. 무서워 죽을 것 같아요."

영숙은 어깨를 들썩거렸다. 다른 사람에게는 말하지 말아 달라고 했다. 지금보다 곤란해질까 봐 너무 무섭다고 했다. 무엇 때문에 겁을 먹었는지는 명확히 얘기하지 않았다. 윤옥은 영숙이 운동권 학생들의 조직적인 분위기에 눌린 것이라고 짐작했다. 수연이 자기 반 학생을 괴롭혔다는 생각에 갑작스레 화가 치밀어 올랐다. 윤옥은 영숙을 교실로 보내고 상담실에서 치솟은 감정을 삭였다.

윤옥은 주차장 쪽으로 난 창문을 열고 얼굴에 오른 열기를 식혔다. 복도 너머 운동장 쪽에서 학생들의 구령 소리가 들렸다. 4월 중순이었다. 살 오른 목련 꽃잎이 하나둘 떨어져 내리고 있었다. 6교시에는 수업이 없었다. 잠시 먼 산을 바라보아도 좋을 시간이었다. 윤옥은 흰색 페인트가 수포처럼 부풀어 오른 창턱을 손톱으로 긁었다. 들뜬 페인트가 태운 종잇장처럼 바스러지면서 회색 시멘트가 드러났다. 윤옥은 자신이 필요 이상으로 화를 내고 있음을 알아차렸다.

스트레스 때문일지도 몰랐다. 담임을 하지 않았던 때에는 옆자리 교사와 교무주임, 연구주임과 잘 지내면 됐다. 윤옥과 비슷한 나이의 교사들이 몇 있기는 했으나 80여 명이 생활하는 교무실 여기저기에 섬처럼 떨어져 있었다. 윤옥은 그런 분위기가 내심 속 편했다. 그러나 담임 생활은 달랐다.

윤옥은 항상 쫓기듯 지냈고 학년 운영에 필요한 지시 사항이나 정보를 놓칠 때가 많았다. 특별히 친한 사람이 없다 보니 챙겨주는 사람도 없었다. 청소 도구 신청을 때맞춰서 하지 못했고 학교에서 보내는 각종 안내장을 회수 기한을 넘겨 나눠 주는 일도 있었다. 담임을 하면서도 수업계, 학적계 업무의 일부를 겸했기 때문에 일이 많았다. 교무실 책상에는 해야 할 일들을 적어 둔 메모지가 한둘이 아니었다. 주변 정리를 깔끔히 하는 편이었는데도 윤옥의 책상은 날이 갈수록 너저분해졌다. 교감은 별일 아닌 것에도 유난히 윤옥에게 까다롭게 굴었다. 점이 빠졌으니 기안을 다시 해 오라든가, 관련 근거 번호가 틀렸으니 다시 해 오라든가, 윤옥이 담임한 학급 학생들의 이름을 거론하며 전체 교직원 회의에서 생활지도 문제를 들먹이는 식이었다. 요즘 들어서는 2학년부 교사들도 윤옥에게 선뜻 말을 걸지 않았다. 학년부 회의 시간이면 혼자 회의에 참석했다가 혼자 빠져나오는 기분이었다. 잘 알아듣지 못한 게 있어서 옆 동료에게 물어보면 자신이 수첩에 메모한 문장을 볼펜 끝으로 톡톡 칠 뿐이었다.

교감이나 동료 교사들은 이물감이 느껴진다는 태도로 윤옥을 대했다. 윤옥은 이 모든 것이 학교에서 요구한 갹출을 거부했기 때문이라는 걸 직감했다. 학교에서 걷으라는 돈은 임원 학부모 회비가 끝이 아니었다. 학급비와 청소년 단체 후원금도 걷었다. 수업에 쓰이는 부교재비도 걷었다. 한번은 출판사 직원이 학년 회의 때 찾아와 과일 상자를 놓고 가기도 했다. 국어과 교과 주임이 채택료라며 국어 교사들에게 돈 봉투를 하나씩 나눠 주었는데, 윤옥은 그것도 거부했다.

윤옥은 혼자였다. 상대가 바라는 대로 무릎 꿇고 싶지 않았다. 힘들긴 했지만 버틸 만했다. 윤옥은 마음이 무너질 것 같을 때마다 엄마가 이겨낸 것들을 생각했다. 아무리 힘들어도 엄마만큼은 아닐 테니까.

윤옥은 창밖 공기를 깊이 들이마시고 상담실 창문을 닫았다. 이제는 화를 내지 않고 수연과 이야기를 나눌 수 있을 것 같았다. 윤옥은 쉬는 시간이 될 때까지 교무실에서 남은 일을 처리하다가 3학년 교실이 있는 5층으로 올라갔다. 교실에 수연이 없어서 교무실로 오라는 전갈을 남겼다.

수연은 퇴근 시간이 가까워서야 윤옥을 찾아왔다. 윤옥은 수연을 데리고 상담실로 들어갔다. 한쪽에 수연을 앉히고 자신도 맞은편에 앉았다. 수연은 왜 부르셨느냐고 묻지 않았다.

"우리 반 영숙이 알지?"

"네."

"무슨 문제 같은 거 있어?"

수연이 대꾸했다.

"영숙이가 뭐라고 했는지 모르겠는데요. 그거 선생님한테 관심받고 싶어서 그런 거예요. 이용하고 싶어서 그런 걸 수도 있고요."

"관심? 이용?"

"걔는 늘 관심을 원해요. 중심에 있지 않으면 불안해하고요. 뭣 때문인지 단짝이 없으면 죽을 것처럼 힘들어해요. 저랑 같이 야학에 다녔는데 제가 그만 다니라고 했어요."

"왜?"

"다른 애들 힘들게 하니까요. 저한테도 한참 붙었다가 제가 안 받아주니까 다른 애한테 들러붙고 그랬어요. 이간질도 하고 말도 옮기고 뒷담화도 심하고요. 걔 때문에 애들이 너무 힘들어해서 제가 그만두라고 했죠."

잘못한 것도 없고 부끄러운 것도 없다는 얼굴이었다. 네가 그 야학에 대장이야? 하고 물으려는데 수연은 갑자기 목소리 톤을 바꾸어 말했다.

"안 그래도 선생님 한번 뵈려고 했어요."

어른스럽고 당당했다. 치기 어린 기운이었으나 알맹이 없이 부리는 허세 같지는 않았다.

"날 보려고 했다니?"

"선생님."

수연의 얼굴에 친근한 기색이 감돌았다. 윤옥은 달라진 수연의 얼굴에 내심 당황했다.

"김정훈 선생님, 아시죠?"

"김정훈?"

김정훈이라니. 설마 그 김정훈?

수연은 눈을 빛내며 말했다.

"대학 때 같이 공부하셨다고 들었거든요."

– 13 –

잠깐 지나간 비로 길바닥이 축축했다. 정훈이 매일 저녁에 온다는 민들레 야학당은 시내 외곽의 주택 단지에 있었다. 윤옥은 앞장서서 걸어가는 수연의 뒤를 따라 젖은 아스팔트 길을 올라갔다. 가로등에 비친 길은 검게 번들거렸다. 도로 양옆에 늘어선 단층 건물들은 가까워질수록 더 낡아 보였다. 군데군데 창이 깨진 집들은 처량하고 쓸쓸했다. 사람이 살지 않는지 저녁이 되었는데도 깜깜한 집들이 두 집 건너 하나씩 있었다. 수연은 백팩의 가방끈을 쥐고 말없이 걸어 올라갔다. 펑퍼짐한 청바지 아랫단이 하얀 운동화에서 튄 빗물에 거뭇하게 물들었다.

수연이 숨을 몰아쉬며 뒤를 돌아보았다.

"좀만 더 가면 나와요."

민들레 야학당으로 가는 길의 수연은 학교에서의 수연과 달랐다. 윤옥이 저녁으로 돈가스를 사주겠다고 하자 사양하는 기색 없이 식당으로 냉큼 따라 들어왔다. 왜 이렇게 마른 건가 싶을 만큼 먹성도 좋았다. 큼직하게 돈가스를 썰어두고 포크로 푹 찍어 먹고 금방 또 찍었다. 수연은 연대, 투쟁, 해방 같은 단어를 자연스럽게 사용하는 아이였다. 그런 단어들이 주는 비장한 멋을 즐기는 것 같았는데 은근히 뻐기는 기색이 있었다. 윤옥은 수연이 아직 어린애라는 것과 대장처럼 굴려는 기질이 있다는 걸 알아차렸고 그다음부터는 마음이 편해졌다.

수연은 돈가스를 썰면서 학교의 시사토론반에 관해 이야기했다. 다른 고등학교의 시사토론반과 연대하고 있다고 했다. 시사토론반의 핵심 멤버들이 격주로 민들레 야학당에 모이는데 오늘이 그날이라고 했다. 수연은 민들레 야학에 대해서 학교에 얘기하지 말아 달라고 했다. 비밀 얘기를 내게 왜 해주는 거냐는 물음에 수연은 무심한 투로 대답했다.

"선생님은 돈 안 받으시잖아요."

오르막길이 끝나는 곳에 민들레 야학당이 있었다. 겉으로 보기에는 시골 마을회관 같은 건물이었는데 담장이나 울타리 없이 2층 건물만 덩그러니 놓여 있었다. 산자락 아래 자리 잡은 야

학당 양옆으로는 넓다고 하기도 좁다고 하기도 애매한 텃밭뿐
이었다. 뽑지 않은 채 얼었다 녹아버려 제 빛깔을 잃어버린 배추
와 무가 무너진 이랑에 띄엄띄엄 박혀 있었다. 어디에선가 물러
늘어진 냄새와 시큼한 냄새가 났다. 건물 왼편에는 허물어진 연
탄재 무더기와 땔감으로 쓰일 장작들이 아무렇게나 쌓여 있었
다. 누르스름한 페인트가 군데군데 벗겨진 남루한 외관이었으
나 1층과 2층의 모든 창에서 형광등 빛이 비쳤다. 2층 창문으로
ㄴ 자 모양으로 꺾인 은색 원통형 굴뚝이 나와 있었다. 야학당 1층
에서는 아이들의 웃음소리가, 2층에서는 교사의 수업하는 목소
리가 들렸다. 산동네 시절 윤옥이 다녔던 방 하나뿐인 야학당과
는 규모가 달랐다. 수연은 야학당 앞에서 윤옥을 돌아보며 거칠
것 없다는 듯 미소 지었다.

"선생님, 저희의 해방구에 오신 것을 환영합니다."

수연은 문을 열었다. 갑작스러운 빛에 윤옥은 눈이 부셨다. 안
에서 따뜻한 기운과 아이들 특유의 숨 냄새가 뿜어져 나왔다.
작은 강당처럼 꾸민 1층 바닥에는 스티로폼과 대리석 무늬의 모
노륨 장판이 깔려 있었다. 대학생으로 보이는 청년들과 중고등학
생들이 둥글게 앉아 이야기를 나누고 있었다. 예닐곱쯤 되는 국
민학생들이 아무렇게나 들고뛰며 놀고 있었다. 이곳저곳에서 웃
음소리가 터졌다. 고등학생으로 보이는 여학생 세 명이 분필로

바닥에 선을 긋고 종이비행기를 동시에 날리기도 했다. 벽에는 굵은 검정 선으로 이미지 윤곽을 그린 걸개그림이, 강당 무대 왼쪽에는 세로로 쓴 '人子天下之大本'이라는 플래카드가 걸려 있었다.

수연은 자기에게 인사를 건네는 친구들을 향해 손을 흔들어 보였다. 수연은 윤옥을 2층으로 이끌었다. 계단을 올라가는 수연의 걸음에 힘이 실렸다. 2층에서 내려오는 남학생과 손바닥을 마주치며 "왔어?" 하고 말을 걸었다. 남학생은 히죽 웃으며 "왔지" 하고 인사했다. 남학생은 윤옥을 보고 멈춰 서서 꾸벅 인사를 하고 지나갔다. 윤옥은 수연의 뒷모습을 올려다보다가 설핏 웃음 짓고 말았다.

윤옥이 수연에게 말했다.

"너의 세계냐?"

꺾인 계단을 오르던 수연이 걸음을 멈추고 윤옥을 내려다보았다. 가벼웠던 수연의 얼굴에 스치듯 진중한 표정이 지나갔다. 순간의 변화였지만 윤옥은 알아차렸다. 수연에게 민들레 야학은 심장이라는 것을. 수연은 싱긋 웃으며 말했다.

"네. 저의 세계예요."

수연은 웃는 얼굴로 계단을 다시 올라갔다. 2층은 작은 학교 같았다. 복도가 있고 왼편에는 작은 교실 두 개가 있었다. 형광등은 침침했고 구석진 곳에 성긴 먼지가 고여 있었다. 아무것도 덮지 않은 시멘트 복도 바닥은 짓다 만 느낌이었다. 그래도 교실은 교실 같았다. 윤옥이 학교에서 쓰던 것보다는 작아도 앞 벽에는 칠판이 붙어 있었다. 뒷벽에는 초록색 융을 깐 게시판도 있었다. 낡은 학생용 책걸상이 열댓 개 정도였다. 앉아 있는 학생들은 고등학생부터 중년까지 열 명쯤이었다. 수연이 자랑스럽다는 투로 검정고시반이라고 말했다. 윤옥은 칠판에 수학 문제를 풀어주는 교사를 바라보았다.

정훈이었다.

졸업하고 3년 만이었다. 친구들에게서 들은 정훈의 소식은 그때그때 달랐다. 대학을 졸업한 뒤에도 군대는 가지 않았다. 사립고등학교에 교사로 임용됐으나 뭐가 문제였는지 한 학기도 채우지 못하고 나왔다고 했다. 대학원을 갔다고 하더니 유학을 준비한다는 얘기도 들렸다. 윤옥은 팔짱을 끼고 창문 너머 교실을 살펴보았다. 정훈은 "여기까지 이해되죠? 돼요?" 하며 칠판에 문제 풀이를 했고 늦깎이 학생들은 눈을 빛내며 칠판을 바라봤다. 윤옥의 시선이 교실 창문 옆 기둥에 붙은 작은 액자에 닿았다. 8절지 크기의 액자에 낯익은 노인의 사진이 있었다.

파울로 프레이리였다.

손에 담배를 들고 의자에 파묻히듯 앉아 카메라 렌즈를 정면으로 바라보는, 상반신만 찍은 흑백사진이었다. 윤옥이 좋아했던 사진이었다. 반쯤 벗겨진 머리칼에 부푼 듯한 풍성한 수염이 인상적이었다. 네모난 금테 안경 속에서 단단한 빛을 발하는 쌍꺼풀진 눈을 보며 힘들게 살았는데도 눈빛이 선량하구나, 생각했었다. 그의 책을 탐독하며 엄마와 지호를 떠올렸던 기억이 되살아났다.

콧등이 시큰해지며 가슴 한구석이 뭉클해졌다. 학교에서 겪은 서러운 일들이 떠올랐다. 해방구가 있는 수연이 부러웠다. 이곳에서라면 윤옥도 자유로울 것 같았다. 속이 후련할 것 같았다.

수연이 윤옥의 얼굴을 살피며 조심스레 물었다.

"선생님? 괜찮으세요?"

윤옥은 표정을 고치고 아무것도 아니라고 대답했다. 수연은 윤옥의 눈치를 살피다가 말을 이었다.

"김정훈 선생님이요, 선생님한테 이렇게 전하라고 했어요."

"전해? 무슨 말을?"

수연은 느릿느릿 말을 전했다.

"부끄러운 느낌이 조금이라도 있다면 나와 함께하자."

정훈의 말투를 흉내 낸 것 같았다. 윤옥은 실없이 웃었다. 정훈다운 제안이었다. 정훈 특유의 허세와 도발이 느껴지는 말이었다. 윤옥은 정훈과 프레이리와 학생들을 번갈아 보았다. 윤옥은 프레이리를 본 순간 이미 자신의 마음이 이곳으로 넘어왔다는 걸 알아차렸다. 묘한 호승심이 일었다.

"정훈이한테 이렇게 답하도록 하렴."

"뭐라고요?"

"제안서를 문서로 만들어서 내일까지 가져다 달라고 해. 제안서 보고 결정하겠다고."

수연은 입으로 아아, 하는 모양을 만들면서 두어 번 고개를 주억거렸다. 수연이 실망하는 것 같아서 윤옥은 재빨리 말을 이어 붙였다.

"진지하게 생각해 볼 거야."

수연은 "네" 하고 고개를 끄덕이며 눈을 빛냈다. 그런 수연이 예뻐서 윤옥은 자기도 모르게 입꼬리를 올리고 말았다.

– 14 –

조성탁 주임은 아침부터 몹시 지친 얼굴이었다. 1교시 수업을 걸러야 할 정도였다. 교감이 조성탁 주임 옆을 지나가면서 "어제 좀 너무 달렸지? 나도 좀 속이 어렵구먼" 하고 말했다. 조성탁 주임은 "아닙니다, 교감 선생님. 저는 말짱합니다" 하고 대답했다.

말은 그렇게 했으나 목소리에 힘이 없었다. 교장은 자기가 각별히 챙기는 주임들을 거느리고 다니는 걸 좋아했고 매주 수요일마다 회식을 했다. 교장과 교감 모두 말술을 먹는 사람들이었다. 사정을 아는 교사들은 조성탁 주임이 승진을 하기도 전에 술독에 죽을지도 모르겠다고 했다. 조성탁 주임은 자리에 앉아 물을 연거푸 들이켜며 얼굴을 찡그렸다.

2교시 수업이 끝난 뒤 수연이 교무실로 윤옥을 찾아왔다. 조성탁 주임이 수연과 윤옥을 흘끔거렸다. 수연은 "선생님, 어제는 잘 들어가셨어요?" 하고 작은 소리로 인사했다. 그러면서 구김이 진 서류 봉투를 윤옥에게 건넸다. 봉투 안에는 종이 두 장이 들어 있었다. 한 장에는 볼펜으로 휘갈겨 쓴 글이 있었다.

심장이 울리지 않던가? 와서 하고 싶은 걸 해.

정훈의 글씨였다. 지나치게 자신 있고 호방한 태도가 여전했다. 속에서 올라온 저항감을 윤옥은 실소로 흘려보냈다. 윤옥은 두 번째 종이를 봉투에서 꺼냈다가 다시 집어넣었다. 그리고 자기도 모르게 조성탁 주임을 곁눈질했다. 윤옥은 수연을 데리고 상담실로 자리를 옮겼다.

두 번째 종이는 교원노조 가입 신청서였다. 윤옥은 상담실 탁자에 교원노조 가입 신청서를 꺼내놓고 처음부터 끝까지 찬찬히 살펴보았다.

1987년 6월 항쟁으로 수세에 몰린 정부는 문익환 목사의 방북을 계기로 대대적인 공안몰이에 나섰다. 교육계도 마찬가지였다. 청와대는 '좌경세력 척결'에 열을 올렸다. 문교부에 '일부 감상에 젖은 젊은 교사들이 학생을 의식화시켜 학원 질서를 어지럽히는 사태에 대책을 강구하라'는 지침을 내렸다. 신문 1면 기사로 '의식화 교사 담임 자격 박탈' '국교생에 해방가 가르쳐' 같은 제목들이 오르내렸다.

정부가 교원노조 설립을 허락할 리 없었다. 불법 노조로 규정한 뒤 엄중한 처벌을 내세워 괴롭힐 게 빤했다. 교감은 교직원 회의 때 "우리 학교에서는 그럴 사람이 없겠지만" 하고 운을 띄우며 교사들에게 경고했다. 교원노조에 찬동하는 좌익 교사들은 해직당할 수도 있다고 했다. 교감은 "가족 걸고 목숨 걸고 한번 해보든가요"라는 말로 분위기를 잡았다.

생계를 위협당하는 경제 상황이 어떤 건지 윤옥은 잘 알았다. 윤옥으로서는 함부로 내던질 수 있는 교직이 아니었다. 적으나마 저축을 할 수 있고 엄마에게 돈도 부칠 수 있었다. 설마 해직까지 시키겠느냐 하는 생각도 들었으나 교원노조와 관련된 교사라는 소문이 돌면 학교생활이 지금보다 더 힘들어질 수 있었다.

윤옥이 낮은 소리로 말했다.

"쉽게 내릴 결정은 아니야."

수연의 얼굴에 조소하는 빛이 스쳤다. 윤옥은 더 설명하고 싶었다. 그때였다. 상담실 문이 열리고 조성탁 주임이 들어왔다. 조성탁 주임은 못마땅한 표정으로 윤옥과 수연을 번갈아 보다가 탁자에 놓인 교원노조 가입 신청서를 내려다보았다. 아차 싶었으나 조성탁 주임이 교원노조 가입 신청서를 낚아챈 뒤였다.

조성탁 주임이 윤옥의 얼굴과 교원노조라는 글자를 손가락질하며 말했다.

"정 선생, 이게 뭐야? 응?"

당황스러웠으나 무어라 말을 꺼내기 어려웠다. 수연 앞에서 위축된 모습을 보이고 싶지 않았다. 찌꺼기처럼 남은 술기운 때문인지 조성탁 주임은 쌓인 감정을 거침없이 드러냈다.

"이거, 이거, 정 선생 큰일 낼 사람이구면."

조성탁 주임은 평소답지 않게 목소리를 높였다.

"선생이, 빨갱이처럼 말이야! 북한에 가서나 이런 거 해야지!"

수연이 조성탁 주임의 말을 잘랐다.

"그거 제 거예요."

조성탁 주임이 눈을 홉떴다.

"뭐?"

수연은 당돌한 투로 말을 이었다.

"제가 가져왔어요. 정윤옥 선생님이랑 상관없어요."

조성탁 주임은 허리춤에 두 손을 얹고 기막히다는 듯 천장을 쳐다보았다. 그리고 말했다.

"너, 최수연이, 야학한다며? 민들레 어쩌고 하는 거."

수연이 조성탁 주임을 올려다보았다. 조성탁 주임은 주먹으로 수연의 이마를 밀었다.

"어제 정보과 형사한테서 학교로 전화 왔다. 알고는 있냐?"

다시 이마가 뒤로 넘어갔고 수연은 한 걸음 밀려났다.

"너희 아부지는 아시냐? 총 맞아서 다리도 저신다며? 베트남 전에서 빨갱이 잡던 아부지한테 미안하지도 않아?"

수연은 꼿꼿이 서서 주먹을 그러쥐었다. 그 모습을 본 조성탁 주임이 하! 소리를 내고는 윤옥 앞에 교원노조 가입 신청서를 흔들었다.

"정 선생, 이 얘기는 조금 이따가 해. 얘랑 상담실에서 얘기 좀 하게 나가 있고."

윤옥은 움직이지 않았다. 조성탁 주임이 고함을 질렀다.

"안 나가!"

묵은 술 냄새가 지독했다. 핏발이 선 조성탁 주임의 눈이 심상치 않았다. 수연만 두고 나갈 수는 없었다. 윤옥은 앞으로 나서며 말했다.

"제가 설명할게요. 주임님, 정말 별일 아니에요."

"안 나가? 지금 주임 말 안 들어? 너까지 날 무시해? 그런 거야? 진짜 그거야?"

수연이 말했다.

"선생님, 걱정하지 마세요. 어서 나가세요."

조성탁 주임의 눈이 커졌다. 수연은 조성탁 주임을 똑바로 쏘아보았다. 윤옥도 섬뜩한 느낌을 받을 만큼 독기 어린 눈빛이었다. 조성탁 주임은 수연에게 천천히 다가갔다. "이게, 이게, 이 빨갱이 년이" 하며 손바닥을 쳐들었다. 위협하는 몸짓이었으나 수연은 겁먹지 않았다. 짝! 하는 소리와 함께 수연의 고개가 돌아갔다. 윤옥이 소리쳤다.

"주임 선생님!"

수연은 다시 조성탁 주임을 노려보았다. 조성탁 주임은 수연의 어깨를 잡고 다시 빰을 쳤다. 윤옥이 말려도 조성탁 주임은 "놔!" 하고 소리를 지르며 슬리퍼 신은 발로 수연의 정강이를 걸어찼다. 수연은 휘청거리다 탁자 귀퉁이를 왼손으로 짚고 몸을 다시 세웠다. 수연은 신음 소리도 내지 않았다.

조성탁 주임이 으르듯 말했다.

"이게 어디 선생님한테."

"주임님, 그만하세요!"

윤옥이 언성을 높이며 조성탁 주임의 팔을 잡았다. 조성탁 주임은 팔을 뿌리치고 두 손으로 윤옥의 어깨를 밀어버렸다. 윤옥은 접이식 의자를 쓰러트리며 넘어졌다. 비정상적으로 억센 힘이었다. 희번덕거리는 눈이 무시무시했다. 조성탁 주임이 윤옥을 내려다보며 갈라진 목소리로 소리쳤다.

"내가 너 때문에! 돈도 못 걷는 게!"

조성탁 주임은 넘어진 윤옥을 두고 수연의 멱살을 잡아챘다. 수연의 상의 단추가 뜯겨 나가면서 속옷과 어깨가 드러났다.

"너까지 날 무시해? 내가 우스워?"

조성탁 주임은 수연의 머리채를 잡고 뒤로 젖힌 뒤 손을 치켜들었다. 그때, 수연이 악을 썼다.

"씨발!"

헝클어진 수연의 모습은 표독스러웠다. 연두색 시트지를 바른 상담실 복도 창문에 학생들 모습이 어른거렸다. 창틀과 시트지 틈으로 상담실을 엿보는 학생들도 있었다. 수연이 새된 소리로 외쳤다.

"때려! 더 때려!"

수연은 자기 머리카락을 쥔 조성탁 주임의 손을 잡고 발악했다. 복도가 소란했다. 조성탁 주임은 뜨거운 것을 잡은 듯 화들짝 놀라며 수연의 머리채에서 손을 뗐다. 넋이 나간 얼굴로 짧은 숨을 빠르게 몰아쉬더니 떨리는 손으로 바지를 추켜올리고 넥타이를 고쳐 맸다. 조성탁 주임의 얼굴이 땀으로 번들거렸다. 복도에서 "야! 뭐 해! 전부 다 교실로 들어가!" 하는 학생주임의 목소리가 들렸다.

조성탁 주임은 밀려난 탁자를 끌어 제자리에 놓고 쓰러진 의자들도 하나씩 세워 탁자 밑으로 집어넣었다. 윤옥은 일어서서 수연을 끌어안았다. 수연의 작고 마른 몸은 윤옥의 품속에서도 딱딱했다. 비정상적으로 고개를 까닥이며 책상 정리만 하던 조성탁 주임은 무어라 말을 웅얼거리며 상담실 밖으로 나갔다.

윤옥이 품속에 있는 수연에게 물었다.

"괜찮니? 괜찮아?"

그제야 수연은 거친 숨을 몰아쉬며 윤옥을 끌어안았다. 그 숨결이 서러워서 윤옥은 목이 메었다. 윤옥은 수연의 헝클어진 머리를 매만지고 단추가 뜯겨 나간 상의를 여며주었다. 목덜미와 가슴팍에 붉은 손자국이 나 있었다. 수연의 뺨이 붉게 부풀어 오르는 것 같았다.

윤옥은 수연의 등을 쓸어주다가 그만 흐느끼고 말았다. 수연도 함께 울었다.

– 15 –

교감은 목에 핏대를 올리며 화를 냈다. 대체 이게 무슨 일이냐. 교감 말을 대체 뭐로 알아들은 거냐. 순둥이 조 주임을 저 지경으로 만들었으니 다 정 선생 책임이다. 교감은 비슷한 말들을 쏟아내며 10분 넘게 화를 냈다. 윤옥이 설명할 기회는 없었다. 윤옥을 넘겨받은 교무주임은 낮은 소리로 부탁하듯 말했다. 너 노조 하면 내가 죽는다, 대체 누구 앞길을 막으려고 이러느냐, 노조 없이도 학교 잘 돌아간다, 이런 말들이었다. 다음은 학생주임이었다. 학생주임은 공문과 문교부 지침을 하나씩 짚어가며 노조의 불법성과 위험성에 대해 자세히 설명했다. "정 선생이 아직 어리잖아. 세상을 잘 모를 수 있어. 나도 다 이해해" 같은 말들을 덧붙이면서.

윤옥이 학생주임에게 물었다.

"수연이는 어떻게 되나요?"

"걔야 뭐 최소한 정학이지."

윤옥은 상황을 설명했다. 조성탁 주임의 욕설과 폭행에 관해서도 이야기했다. 학생주임은 마음에 들지 않는다는 투로 대꾸했다.

"조 주임님 조퇴했어. 충격받아서. 아무리 그래도 선생님한테 욕을 하면 쓰나?"

윤옥은 창밖을 쳐다보았다. 학생주임이 말했다.

"수연이 걔, 안 좋아. 야자도 빠지고 수업 태도도 별로야. 요즘 야학이란 게 대개 이적단체 성향이 강해요. 걔 담임이 얼마나 골치 아파하는지 알아? 걔 편들지 마. 지금 중요한 건 그게 아니잖아?"

윤옥은 교무실 책상으로 돌아와 교감이 건네준 사건 경위서를 펼쳤다. 수업이 있었으나 교감은 윤옥에게 교실에 들어가지 말라고 했다.

수업보다 수연이 중요했다. 윤옥은 기억을 떠올려가며 아침에 있던 일을 자세히 적었다. 조성탁 주임이 했던 말에는 따옴표까지 붙여가며 경위서를 완성했다. 경위서 다음으로 써야 하는 건

시말서였다. 사건 경위를 적는 건 쉬웠으나 시말서는 어려웠다. 시말서는 일종의 반성문이었다. 저녁 시간이 지나고 야간자율학습 종료를 알리는 종이 울릴 때까지도 윤옥은 시말서에 한 문장도 쓰지 못했다. 교무실에 남아 있는 교사는 없었다. 야자 감독교사가 퇴근하면서 윤옥의 자리 근처에만 불을 켜두었다.

창밖이 검었다. 복도 너머로 집에 돌아가는 학생들 소리가 들렸다. 윤옥은 그 소리를 들으며 실없이 웃었다. 수연은 어디서 어쩌고 있을까 생각했다. 자리에서 일어난 윤옥은 창턱에 기대서서 자기 자리를 바라보았다.

넓은 교무실에 있는 똑같은 크기, 똑같은 모양의 무수한 책상 중 하나였다. 책상의 크기와 모양은 같았어도 넣는 것과 꾸미는 것은 윤옥 마음대로였다. 겨우 마련한 보루였다. 정훈과 윤옥은 처지가 달랐다. 대학 시절 알게 된 정훈의 집안 배경은 꽤 윤택했다. 엄마에게 돈을 부칠 때마다 뿌듯해하면서도 내심 아까워하는 자신의 마음을 정훈은 알 수 없을 터였다. 문득 하고 싶은 걸 다 해보라던 정훈의 말이 떠올랐다.

윤옥은 쓸쓸히 웃었다. 뒤돌아 검은 유리창에 비친 자신의 윤곽을 쳐다보았다. 형광등이 켜진 자기 자리만 환할 뿐 얼굴은 역광 그림자에 가려 눈코입이 구분되지 않았다. 갑자기 눈에 눈물이 차올랐다. 이유를 알 수 없는 눈물이었다. 윤옥은 눈을 깜박거리며 자기 손바닥에 묻어난 물기를 가만히 내려다보았다.

자리로 돌아와 시말서를 책상 앞에 반듯하게 놓았다. 잘못한 게 전혀 없는 건 아니지 않은가, 생각했다. 허리를 꼿꼿이 펴고 눈을 감았다. 목이 부었는지 침이 힘겹게 넘어갔다. 숨을 깊이 들이마시고 적어야 할 문장을 떠올렸다. 몇 개의 문장이든 상관없었다. 잘못했고 다시는 그러지 않겠다는 말이 들어가면 될 터였다. 볼펜을 집어 드는데 교무실 바깥 복도에서 바닥에 끌리는 쇳소리가 났다.

윤옥은 고개를 쳐들었다. 쇠 파이프 같은 것이 끌리는 소리였다. 벽을 두드렸는지 깡, 하는 공명음이 울렸다. 교실 문을 치는 둔탁한 소리도 들렸다. 소리는 점점 가까워졌다. 쇳소리와 함께 절뚝거리며 신발이 질질 끌리는 소리도 들렸다. 소리는 교무실 문 앞에서 멈추었다. 윤옥은 교무실 문을 쳐다보았다. 손잡이가 돌아갔고 천천히 문이 열렸다.

조성탁 주임이었다.

"있었네?"

윤옥을 보고 하는 말이었다. 조성탁 주임은 오른손으로 알루미늄 야구 배트를 쥐고 있었다. 윤옥은 책상에 시선을 두었다. 조성탁 주임은 처진 어깨와 헝클어진 머리를 흐느적거리며 교무실 안으로 들어왔다. 알루미늄 야구 배트를 바닥에 끌면서 윤옥의 뒤를 돌아 자기 자리 앞에 섰다. 역한 술 냄새가 풍겼다. 조성탁 주임은 자기 책상 앞에서 고개를 쳐들고 후우, 후우, 연이어 큰 숨을 내쉬고는 몸을 좌우로 흔들었다. 중간중간 욕설도 섞어가며 알아들을 수 없는 소리를 중얼거렸다. 그러다 갑자기 야구 배트로 자기 책상을 힘껏 내리쳤다.

쾅. 쾅. 쾅. 연거푸 세 번이었다. 윤옥은 이를 악물었다. 책상에 있던 전화기가 산산이 부서지고 야구 배트에 맞은 은색 연필깎이가 튀어 날아가면서 나뭇가루와 흑연 가루가 바닥에 쏟아졌다. 조성탁 주임이 야구 배트로 윤옥을 가리키며 으르렁거리듯 말했다.

"너."

윤옥은 고개를 돌려 조성탁 주임을 비스듬히 쳐다보았다. 조성탁 주임도 윤옥을 쏘아보았다. 넥타이는 구겨진 채 풀어져 있었고 와이셔츠 단추도 세 개쯤 떨어져 나간 상태였다. 누군가와 드잡이를 했는지 재킷의 어깨선 솔기가 뜯겨 있었다. 윤옥을 향해 뻗은 야구 배트가 눈에 보일 정도로 부들부들 떨렸다. 검은 얼굴에서 큰 눈이 이글거렸다.

"너어!"

절규하듯 길게 내지르는 소리였다. 조성탁 주임은 숨을 크게 들이쉬고는 다시 "너어어!" 하고 악을 썼다. 윤옥은 주먹을 쥐고 몸에 힘을 주었다. 눈을 다른 데로 돌리지 않았다. 물러서고 싶지 않았고 상대에게 승리감을 안겨주고 싶지도 않았다. 조성탁 주임이 신음하듯 말했다.

"난 그런 놈이 아냐. 알아?"

조성탁 주임은 헐떡거리며 복도 쪽 벽으로 걸어가 일렬로 세워둔 철제 캐비닛을 야구 배트로 후려쳤다. 출석부를 넣은 캐비닛과 교무부 공문 캐비닛, 연구부 캐비닛이 움푹움푹 들어갔다. 조성탁 주임은 "너! 너! 너!" 하며 캐비닛을 하나씩 내리쳤다. 조명이 꺼져 어둑한 교감 자리로 걸어가 으아악! 악을 쓰더니 교감의 책상 위에 있던 책과 공문과 집기 들을 아래로 쓸어버렸다. 조성탁 주임은 다시 야구 배트를 치켜들었다. 교감 책상에 깔린 유리판이 요란한 소리를 내며 깨졌다. 조성탁 주임은 야구 배트로 교감 책상 옆의 군자란 화분을 때려 부수기 시작했다.

조성탁 주임을 쳐다보는데 갑자기 속에서 미움이 터졌다. 한 인간을 저토록 가여운 괴물로 만들어버린 세상과 그 세상의 힘에 휘둘리는 인간의 유약함에 화가 났다. 윤옥 혼자 어찌할 수 있는 세상이 아니어서 더 밉살스러웠다. 엉망이 된 교무실이 통쾌했다. 캐비닛을 우그러뜨리고 교감의 책상을 있는 힘껏 부수는 조성탁 주임을 응원하고 싶은 심경이었다.

윤옥은 구겨진 교원노조 가입 신청서를 책상 위에 펼쳐놓았다. 더는 움츠러들거나 기죽거나 상처받은 표정을 짓고 싶지 않았다. 저들이 가장 싫어하는 걸 저질러버리고 싶었다. 가입 신청서의 빈칸에 이름과 주소, 소속 학교를 적은 뒤 가방을 챙겨 교무실을 나왔다. 컴컴한 복도를 걸어 계단으로 내려오는데 교무실에서 조성탁 주임이 괴성을 지르며 울부짖는 소리가 들렸다.

민들레 야학으로 올라가는 길은 어제처럼 어두웠다. 윤옥은 어깨에 멘 가방을 추켜올리며 곧게 걸었다. 규칙적으로 앞걸음을 짚는 구두코만 내려다보았다. 윤옥은 현기증을 견디며 오르막길을 쳐다보았다. 어제보다 낯익은 풍경이었다. 멀리 민들레 야학 쪽에서 호리호리한 남자가 바지 주머니에 손을 꽂고 터덜터덜 내려오고 있었다. 윤옥은 마주 오는 남자를 쳐다보았다. 오랜만에 마주하는데도 익숙한 윤곽이었다. 윤옥은 남자를 향해 방향을 틀었다. 내려오던 남자는 걸음을 늦추다가 우뚝 섰다. 뒷걸음질 치려는지 한쪽 발로 뒤를 짚었다가 고개를 빼며 물었다.

"윤옥이냐?"

정훈이 말했다. 윤옥도 멈춰 섰다. 정훈은 윤옥에게 다가와 두 팔을 크게 벌렸다.

"반갑다! 이게 몇 년 만이냐?"

윤옥은 대꾸 없이 가방을 열었다. 정훈은 머쓱해하며 팔을 내렸다. 윤옥은 서류 봉투를 꺼내어 내밀었다. 정훈은 서류 봉투를 열고 윤옥이 작성한 교원노조 가입 신청서를 꺼냈다. 정훈이 얼굴을 찌푸리며 말했다.

"이거 왜 이렇게 구겨졌어?"

정훈은 윤옥과 종이를 번갈아 보았다. 그러다 만족스럽다는 듯 싱긋 웃었다. 정훈이 말했다.

"너라면 이럴 줄 알았다."

윤옥은 대꾸했다.

"그래?"

잠시 침묵이 흘렀다. 흠흠, 헛기침을 한 뒤 정훈은 감격스럽다는 투로 말했다.

"함께하게 되어 기쁘다."

윤옥은 보일 듯 말 듯 고개를 끄덕였다.

병가를 냈던 조성탁 주임은 나흘 뒤 다시 출근했다. 교무실에서 부린 난동은 뒷담화로만 돌았다. 징계당할 법한 일이었는데도 없던 일인 듯 넘어갔다. 조성탁 주임은 예전처럼 밤늦게까지 연구 대회를 준비했고 어눌한 말투로 학년부 회의를 주관했다. 예전처럼 조성탁 주임 앞에서 함부로 웃거나 이죽거리는 사람은 없었다. 조성탁 주임이 회의실을 나가면 교사들은 이마를 쓸어 올리거나 한숨을 쉬었다. 조성탁 주임은 묘한 눈빛으로 2학년부 교사들을 훑어보고는 했는데 윤옥에게만큼은 시선을 두지 않았다. 윤옥은 교원노조에 가입했으나 회비만 냈을 뿐 모임에 나가거나 이렇다 할 활동은 하지 않았다. 수연은 보름간 정학을 당했다.

– 16 –

　윤옥은 매일 민들레 야학에 나가 검정고시를 준비하는 학생
들에게 국어를 가르쳤다. 정학당한 수연이 민들레 야학의 주방
을 맡았다. 수연은 어째서인지 집에도 들어가지 않고 민들레 야
학에서 숙식을 해결했다. 다른 사람들이 물어봐도 이렇다 할 대
답을 해주지 않아서 부모님과 사이가 틀어졌나 보다 짐작할 따
름이었다. 수연은 민들레 야학의 저녁 식사를 담당했다. 정훈과
윤옥, 그즈음 합류한 정훈의 후배 박태우, 저녁을 먹지 못하고
야학에 오는 학생 10여 명의 식사를 준비했는데 사나흘에 한 번
씩은 꽁치김치찌개를 끓였다.
　수연은 기운찬 목소리로 자신의 조리법을 설명했다.

"먼저, 기름 두른 프라이팬에 통조림 꽁치와 고춧가루를 넣어요. 살짝 볶다가 신김치를 나중에 넣어서 함께 볶는 거죠. 어느 정도 볶아졌다 싶을 때 통에 든 꽁치 국물을 붓는 거예요. 신 김 칫국물과 다진 마늘, 그리고 양조간장으로 간을 맞춰주고요. 미원은 한 숟가락, 된장은 한 국자."

수연은 국자를 들고 진지한 표정으로 윤옥에게 말했다.

"선생님, 꽁치김치찌개는 비린 맛을 잡아줘야 해요. 반드시요."

그렇게 말하는 수연의 얼굴에는 생기가 넘쳤다. 꽁치김치찌개를 끓인 날이면 정훈은 숟가락과 젓가락으로 반상을 탕탕 치며 "수연아, 선생님 배고파 죽는다!" 하고 소리쳤다. 윤옥과 박태우도 꼴깍 소리가 나도록 침을 삼켰다. 식욕을 자극하는 냄새에 정신이 혼미할 지경이었다. 얼굴에 마른버짐이 핀 남자애들과 짤막한 머리를 뒤로 꽁꽁 묶은 여자애들이 초조한 얼굴로 주방을 바라보았다. 곧 채워질 것을 기다리는 허기는 퇴근 뒤의 노곤함을 싹 밀어버렸다. "그릇!" 하고 수연이 외치면 선생이건 학생이건 일제히 자리에서 일어나 주방을 향해 줄을 섰다.

수연이 완성한 꽁치김치찌개는 최고였다. 반찬 없이 꽁치김치찌개와 밥만으로도 한 끼가 뚝딱이었다. 말없이 혼자서 때우는 저녁이나 학교에서 혼자 먹는 점심과는 그야말로 차원이 달랐다. 국물만 남은 냄비에 밥을 말고 들기름과 고추장을 더한 다음 여럿이 숟가락을 들이밀었다. "얼굴에 묻은 밥풀은 집에 가서 먹을 거냐" 따위의 식은 농담을 하기도 했는데, 그런 말만으로도 웃음이 터졌다. 윤옥도 껵껵 소리를 내며 웃었다. 웃다가 가슴이 뻐근해지거나 콧등이 시큰거리기도 했다. 야학 수업을 하다가도 수연의 꽁치김치찌개가 떠오르면 자기도 모르게 입 안에 침이 고였다.

저녁을 먹고 나면 학생들이 하나둘 모여들었다. 인원수가 적당히 채워지면 바로 수업을 시작했다. 마음먹은 대로 다 해보라는 정훈의 말은 현실에 맞지 않았다. 윤옥이 맡은 학생들은 검정고시 준비반이어서 그에 맞는 수업을 해야 했다. 그래도 야학 수업은 학교 수업과 달랐다. 옆 반 교사들의 눈치를 본다든가 관리자들이 자신의 수업을 어떻게 여길까 생각하며 스스로 검열하지 않아도 됐다. 수업을 감싸고 있던 틀이 흐릿해진 기분이었고 해방감이 들었다. 학교에서 내내 수업하다 왔는데도 수업을 하고 싶었다. 평소에 하지 않던 농담이 수업 내용에 실려 자연스럽게 나왔고 학생들이 웃어주면 그렇게 흐뭇할 수가 없었다. 자기보다 나이가 많은 학생들이 윤옥을 향해 선생님, 선생님, 하고 부르면 애틋한 느낌에 가슴이 찡하기도 했다. 수업을 마치고 교실에서 나오는 윤옥에게 정훈은 "너 신나 보인다. 요즘 목소리가 달라졌어" 하고 말했다.

그렇게 하루를 마치고 열한 시가 넘어 집에 들어오면 씻기도 귀찮을 만큼 피곤했다. 윤옥은 기운차게 잠자리에 들었다. 잠은 금방 찾아들었고 아침에는 기분 좋게 일어났다. 윤옥은 출근 준비를 하며 렛잇비, 렛잇비, 콧노래를 흥얼거렸다.

🖋

경찰은 서울의 한 대학에서 예정된 교원노조 결성식을 집요하게 막았다. 교원노조 지도부는 다른 대학으로 급히 장소를 옮겨 교원노조 결성을 선언했고 리더 역할을 하는 교사들은 야당 당사로 들어가 교원노조 합법화를 주장하며 단식 농성을 시작했다. 살인적인 입시 풍토에서 1년에 150명씩 자살하는 학생들을 그냥 두고 볼 수는 없다며 교원노조 교사들은 목소리를 높였다. 사학 비리를 비롯한 각종 적폐를 청산하고 부조리에 가득 찬 학교를 바꿔야 한다고 했다. 교원노조 결성을 대하는 정부의 태도는 싸늘하고 모질었다. 노조 결성 대회 참여자 전원이 연행됐다. 서울의 경찰서 유치장이 교사들로 가득 찰 정도였다.

윤옥은 노조 결성 대회에 참석하지 않았다. 정훈이 목에 핏대를 올리며 교원노조의 정당성과 우리 교육의 문제점들을 하나

하나 열거하며 노조 결성 대회에 가자고 했으나 윤옥은 "활동은 하지 않아", "노조가 틀렸다고 생각하는 건 아니야" 같은 말만 반복했다. 윤옥의 학교에서 교원노조에 가입한 교사는 윤옥 한 명뿐이었다. 윤옥은 교장실에 불려 갔다. 교장에서 교감으로, 교감에서 교무주임, 연구주임, 학생주임으로 이어지는 닦달과 훈시, 회유가 계속됐다. 윤옥은 아무 말 없이 듣기만 했다. 대학 시절 국어교육과 교수가 학교에 전화를 하기도 했다. 교수는 정보과 형사로부터 전화를 받았다며 분위기가 심상치 않으니 교원노조에서 탈퇴하는 게 어떻겠느냐고 했다. 교수의 걱정 어린 말에 윤옥은 대답했다.

"전화 주셔서 감사합니다. 하지만 저는 괜찮아요."

윤옥은 꼿꼿하고자 했다. 조성탁 주임의 교무실 사건이 윤옥에게만 영향을 준 것은 아니었다. 변한 사람은 교감이었다. 교직원 회의 시간에 한 번도 화를 내지 않는 날도 있었다. 교사들은 교감의 변화를 두고 수군거렸다. "아니, 교감이 말이야. 공문 결재를 받는데 말이지. 내가 잘못 쓴 걸 찾았거든? 근데도 그냥 도장을 찍더라고" 그렇게 말을 시작하면 다른 교사들도 비슷한 사례를 이야기했다. 복도 순시를 하다가 창문을 닦거나 쓰레기를 줍는 걸 보았다고도 했다. 가장 큰 변화는 교사들에게 반말로 일관하던 교감이 경어를 쓰기 시작했다는 거였다.

교감은 복도에서 윤옥과 마주칠 때마다 안부를 묻듯 "생각은 해봤나요?" 하고 물었다. 교원노조 탈퇴를 묻는 말이었다. "죄송합니다" 하며 고개를 숙이면 "더 생각해 봐요" 하고 말하는 게 전부였다. 교감은 윤옥의 수업에도 들어왔다. 예고 없이 불쑥 들어와서 50분 수업을 처음부터 끝까지 다 지켜보았다. 윤옥의 학급 학생을 불러 무언가를 물어보기도 했다. 학급 야영을 하고 싶다는 윤옥의 말을 듣고 고민하는 기색을 보였다. 허락할 수 없다고 했으나 윤옥은 고마운 마음도 들었다. 교감은 다 알고 있다는 얼굴로 "야학한다면서요?" 하고 묻고는 "잘해요, 잘" 하고 말하기도 했다.

정부의 공안몰이는 더 거칠어졌다. 민들레 야학의 건물 벽에 불법시설 강제 철거 일정을 알리는 계고장이 붙었다. 계고장을 떼어내고 수업을 계속했지만 기분이 가라앉는 건 어쩔 수 없었다. 학생이 하나둘 줄기 시작했고 정훈과 박태우도 굳은 얼굴로 한숨을 쉬곤 했다. 신문과 텔레비전 뉴스에서 불온 교사들이 수업을 거부하고 학교를 혼란스럽게 하고 있다는 보도가 이어졌다. 선동된 학생들이 수업 시간에 엉뚱한 노래를 부르고 수업을 거부한다고도 했다. 집단행위의 금지 위반, 명령 불복종, 품위 손상, 학습지도 부실 같은 혐의로 파면된 교원노조 교사들 소식도 들려왔다. 문교부는 교원노조 소속 교사 식별법을 알려주는 공문을 학교로 보냈다. 학생들에게 인기 많은 교사, 자기 자리 청소를 잘하는 교사, 촌지를 거부하는 교사, 학급 문집을 내는 교사, 형편이 어려운 학생들과 상담을 많이 하는 교사, 학부모 상담을 자주 하는 교사, 사고 친 학생의 정학이나 퇴학을 반대하는 교사, 교장을 보면 인사하지 않고 피하는 교사, 특정 신문을 구독하는 교사, 학생들의 자율성, 창의성을 높이려는 교사, 지나치게 열심히 가르치려는 교사를, 정부는 조심하라고 했다. 그런 교사들은 교원노조에 가입된 경우가 많으니 면밀히 관찰하라고 했다.

주동자와 단순 가담자를 가리지 않고 해직시키거나 파면시키겠다는 문교부의 말은 허언이 아니었다. 7월 초 어느 날, 교감은 윤옥을 1층 회의실로 불렀다. 교감은 회의실의 동그란 탁자 앞에 앉아 있었다. 윤옥이 들어서자 교감은 의자를 권했다. 윤옥이 맞은편에 앉자 교감이 지친 얼굴로 말했다.

"정윤옥 선생님, 어제 위에서 최후통첩 같은 게 왔어요. 징계절차가 진행되고 있는 거지. 탈퇴 각서에 서명하지 않으면 정 선생님은 아마 7월 말에 파면당할 거예요. 다음 학기까지 천 명 넘게 잘릴 거라는 소문도 돕니다. 그게 정말일지 모르겠지만 제정신으로 돌아가는 세상이 아니니까 알 수가 없어요."

윤옥은 교감의 얼굴을 바라보았다. 교감이 서글픈 목소리로 말을 이었다.

"살다 보면 말이죠. 비는 피하고 가야 할 때가 있는 겁니다."

생각을 돌려놓고 말겠다는 고집스러운 말투가 아니었다. 교감의 목소리에는 어쩐지 슬픈 구석이 있었다.

"정 선생님은 사람을 부끄럽게 만드는 구석이 있어요. 그래서 사람들이 정 선생님을 좋아하지 않는 겁니다. 그 사람들이라고 나쁜 사람으로 태어났겠어요? 아닙니다. 다들 사느라 그러는 거예요. 우리가 그렇게 나쁜 사람으로 보입니까? 우리가 그렇게 큰 욕심을 부리던가요? 그건 아니지 않나요?"

교감의 태도에는 관리자 역할을 넘어선 무언가가 있었다. 속이 찌르르 울리면서 울적한 기분이 들었다. 그저께, 민들레 야학은 강제로 폐쇄당했다. 몇몇 야학 학생들과 대학생들이 저항했으나 무리 지어 몰려오는 전투경찰을 당할 수는 없었다. 수연은 경찰을 폭행했다는 죄목으로 유치장에 끌려갔고 학생주임은 수연의 무기정학을 거론했다. 어쩌면 퇴학 절차를 밟고 소년원에 보내질 수도 있다고 했다.

윤옥은 교감에게 수연 이야기를 꺼낼까 생각했다. "수연을 보호해 주시면 노조를 탈퇴하겠습니다." 그런 말을 하고 싶었다. 부탁하거나 거래할 문제가 아니라는 것도 알았으나 수연을 구할 수 있다면 무슨 짓이라도 하고 싶었다.

그때였다.

갑자기 복도가 소란스러웠다. 어디에선가 비명 소리가 들린 것 같았다. 누군가가 밖에서 뛰어오면서 "교감 선생님! 교감 선생님!" 하고 다급한 목소리로 외쳤다. 교감은 고개를 돌려 회의실 문 쪽을 쳐다보았다. 거칠게 문이 열리더니 학생주임이 숨을 헐떡이며 말했다.

"큰일 났습니다!"

혈색 좋던 학생주임의 얼굴이 파리하게 질려 있었다. 교감은 자리에서 일어섰다. 윤옥도 엉거주춤 일어서서 회의실을 나섰다. 운동장에서 체육 수업을 하던 여학생들이 비명을 지르며 2층 계단으로 올라가고 있었다. 달리다가 걸음을 헛디뎌 바닥을 구르는 학생들도 있었다. 복도에 웅성거리는 소리가 들렸고 스피커에서 교무부장의 다급한 목소리가 울렸다.

"학생들은 교실에서 정숙을 유지합니다. 운동장 쪽 커튼을 닫습니다. 담임 선생님들께서는 수업을 중단하고 각 반 교실로 입실해 주시기 바랍니다."

윤옥은 현관을 나섰다. 학교 왼편 건물 창문에서 학생들이 고개를 빼고 윤옥 쪽을 내려다보고 있었다. 윤옥은 불길한 기운에 몸을 떨었다. 왼편 열 걸음쯤 떨어진 보도블록에 한 사람이 쓰러져 있었다. 윤옥은 쓰러진 사람 쪽으로 걸음을 옮겼다. 청바지

차림의 여자였다. 수연이 입던 바지와 비슷해 보였다. 보도블록 틈으로 기름 같은 피가 스며들고 있었다. 쓰러진 사람의 반듯한 이마 위로 머리칼이 마른풀처럼 바람에 흔들렸다.

윤옥은 손에 밴 땀을 바지에 닦았다. 죽었는지 살았는지 확인한 다음 인공호흡이라도 해야 했다. 그것도 최대한 빨리. 걸음은 쉬이 떨어지지 않았다. 윤옥은 살얼음판을 걷는 것처럼 쓰러진 사람에게 다가갔다. 가까이 갈수록 쓰러진 사람에게서 낯익은 느낌이 들었다.

수연일 수 있었다. 수연일 것만 같았다. 누구인지 확인해야 했다. 윤옥은 한쪽 눈을 감고 쓰러진 사람의 얼굴을 내려다보았다.

영숙이었다.

윤옥의 반 학생이었다. 순간 잠시 앞이 보이지 않았다. 세상이 적막해지고 이명이 들렸다. 호흡이 가빠진 것은 시간이 흐른 뒤였다. 윤옥은 멍한 얼굴로 혼잣말을 했다.

네가 왜.

손에 닿은 영숙의 이마는 부드럽고 축축했다. 윤옥은 검지와 중지로 영숙의 경동맥을 짚었다. 빠르면서도 희미하게 촉진되던 맥박이 점점 느려져 갔다. 윤옥의 손에 피가 묻었고 눈물과 콧물이 영숙의 얼굴 위로 떨어졌다. 한 번도 맡아본 적 없는 역한 냄새가 아래에서 풍겼다. 배 속에서부터 울음이 올라왔다. 할 수 있는 게 없었다. 돌이킬 수 있는 일도 아니었다. 윤옥은 영숙 앞에 무릎을 꿇고 흐느꼈다.

영숙이 자살을 선택한 이유는 분명치 않았다. 영숙의 일기에 '이루어질 수 없는 소망만큼 비참한 건 없다'라는 문장이 있을 뿐, 추측할 수 있을 만한 단서는 어디에도 없었다. 일기장 몇 장은 찢겨 있었다. 교실 책상 서랍은 깨끗하게 비어 있었다. 유서도 없었다. 타살 증거도, 정황도 없었다. 영숙은 인쇄실에 찾아와 옥상 열쇠를 직접 받아 갔다. 학교 기사 김씨는 말했다.

"아니, 걔가 말이죠. 죽을 얼굴이 아니었어요. 정 선생님이 옥상 열쇠를 가져오라고 했다기에 줬죠. 옥상엔 뭘 일이냐고 물었더니 걔가 아주 공손하게 잘 모르겠다고 그러더라고요. 걔가 그렇게 대답했어요. 웃으면서요."

집안이 어려워서였을까, 아니면 성적 문제였을까. 영숙의 성적이 올해 들어 떨어지긴 했으나 심각한 상황으로 보이지는 않았다. 민들레 야학에서 쫓겨난 것이 문제였을까. 아니면 수연의 말대로 관심 때문이었을까. 윤옥은 자신이 기운차게 살아가는 동안 영숙을 챙기지 못했다는 자책감에 시달렸다. 학교에 영숙의 죽음을 둘러싼 괴이한 소문이 돌았다. 귀신, 성적, 연애 따위의 소문들이었다. 교감은 타살 가능성도 염두에 두고 경찰에 수사를 의뢰했으나 경찰도 특별한 이유를 밝히지 못했다.

7월 20일. 윤옥은 교감으로부터 파면 서류를 받았다. 문교부는 조합 탈퇴 각서를 쓰지 않은 교사 1500여 명을 파면하거나 해임했다. 해직 교사가 있는 다른 학교에서는 학생들의 수업 거부와 단식 투쟁이 잇달았다고 했으나 윤옥의 학교에서는 별다른 일이 없었다. 교감은 윤옥에게 120만 원이 든 봉투를 건네며 말했다.

"우리가 걷은 돈이에요. 학부모 돈이 아닙니다."

윤옥은 꺼칠해진 교감의 얼굴을 바라보았다. 그의 눈에 고인 눈물이 고마웠다.

윤옥은 돈을 받아 들었다.

교원노조에서 해직 교사들에게 매달 얼마간의 돈을 주었으나 윤옥은 받지 않았다. 정훈은 윤옥을 찾아와 돼지갈빗집에 가자고 했다. 윤옥은 잠자코 따라나섰다. 고기를 굽던 정훈이 저기, 하며 상기된 표정으로 입을 열었다.

"나, 곧 미국에 갈 거야."

"미국?"

정훈이 유학을 준비한다던 소문이 떠올랐다. 유학 계획을 마음에 두고 민들레 야학 생활을 했단 말인가, 하는 생각에 윤옥은 배신감을 느꼈다. 정훈은 비장한 표정으로 말했다. 정치적 핍박을 피해 망명했다 다시 브라질로 돌아온 프레이리의 삶을 동경한다고.

"프레이리처럼 살고 싶어."

정훈은 그렇게 말하며 소주잔을 단숨에 비웠다. 한국의 프레이리가 되기 위해 유학 가는 거라고 했다. 이 땅의 교육에서는 희망을 찾을 수 없다고, 더 깊은 공부를 한 뒤 돌아오겠다고 했다.

앞뒤가 맞지 않는 말이었다. 프레이리는 브라질의 군부 쿠데타가 일어난 뒤 국가 전복 혐의로 투옥되었고 석방된 직후 추방당해 어쩔 수 없는 망명 생활을 해야 했다. 프레이리는 투옥 당시 이미 자신의 교육방법론을 구축한 상태였다.

정훈은 윤옥의 앞접시에 구운 고기를 올려놓으며 말했다.

"일단 서점을 하자."

"서점?"

"서점을 운영하면서 밤에는 공부방을 하는 거지."

"야학을 다시 하자는 거야?"

"야학이랑 비슷한데 야학이라는 단어의 느낌이 좀 그래. 일종의 실험 공부방 같은 건데…… 야, 이름을 뭐라고 하면 좋을까?"

윤옥은 대답 없이 고기만 뒤집었다. 또다시 뜬구름 잡는 소리를 하려나 싶었다. 자신은 곧 유학을 간다면서 대체 무슨 소리인지.

정훈은 서점을 개업하는 데 필요한 돈을 대겠다며 통장을 건네주었다.

"윤옥아, 이거 너한테 그냥 주는 돈 아니다. 일종의 투자야. 내가 미국에서 돌아왔을 때 다시 이 운동을 시작할 수 있는 기반을 마련하는 거야. 너를 잃지 않기 위한 거야."

통장에 예금된 금액은 3000만 원이었다. 정훈은 눈을 빛내며 말했다.

"미국에서 내가 돌아오면 말이다. 우리, 학교를 세우자. 너는 서점 하면서 너 좋아하는 공부를 계속해. 애들 가르치면서 실험적인 수업도 많이 해봐. 그걸 바탕으로 듀이처럼 실험학교를 만드는 거야. 윤옥아, 나는 너 없인 이거 못 한다. 너는 지식을 생산할 수 있어. 그것도 철학이 깔린 수업 지식 말이야. 너도 알고 있지? 네가 그런 사람이라는 걸."

정훈은 확신에 찬 눈으로 윤옥을 바라보았다. 정훈의 눈에서 진심이 느껴졌다. 정훈은 윤옥에게 교육 운동의 끈을 놓지 말아달라고 했다. 가난한 학생들을 모아 잘 가르쳐서 세상을 바꿔나갈 씨앗으로 삼자고 했다. 자신이 공부를 마치고 돌아올 때까지만 버텨달라고 간청하듯 말했다. 정훈은 가방을 열고 나무를 깎아 만든 황소를 꺼냈다. 민들레 야학에서 봤던 것이었다. 정훈의 책상 위에 있던 멋들어진 조각품이었다. 정훈이 말했다.

"세상이 어떻든 우리는 황소처럼 꿋꿋하게 나아가자."

윤옥은 정훈이 건넨 봉투를 받아 들고 잠시 고민했다. 정훈이 제안한 서점은 학생들을 가르칠 수 있고 공부할 수 있으며 생계를 꾸려갈 수 있는 자리였다. 치기 어린 태도가 걸렸으나 순수함만은 진심 같았다. 언젠가는 학교를 세우게 될지도 모른다는 생각에 가슴이 뛰었다. 윤옥은 정훈의 제안을 받아들였다.

집 근처 중학교 앞에 있는 서점을 알아보았지만 3000만 원으로는 충분치 않았다. 정훈은 돈을 더 구해 와 자기 이름으로 계약을 마무리했다. 서점의 이름을 '풀뿌리 서점'으로 정한 것도 정훈이었다. 정훈은 서점 안쪽 구석진 곳에 있는 작은 방을 공부방으로 꾸몄다. 윤옥은 민들레 야학에 다녔던 학생들을 데려오고자 했으나 정훈의 방침은 달랐다. 시작하는 마당이니 훌륭한 성과를 낼 수 있는 소수 정예가 필요하다고 했다. 가난하면서도 공부를 잘하는 학생을 가려 받자고 했다.

정훈은 말했다.

"왜 있잖아. 수연이 같은 애들. 걔 요즘 잘 지내나? 수연이."

윤옥은 정훈을 쳐다보았다. 정훈은 고민된다는 얼굴로 눈을 돌렸다. 수연은 학적을 유지했다. 영숙의 죽음과 윤옥의 파면으로 뒤숭숭한 학교 분위기에서 퇴학 처리까지 할 수는 없었다고, 교감은 윤옥에게 전화를 해서 알려주었다. 윤옥은 교감이 나서서 수연의 퇴학을 막았을 거라고 짐작했다. 수연은 대학 입시 준비에 돌입해야 하는 고등학교 3학년이었다. 수연을 생각하자 마음이 조급해졌다.

정훈과 윤옥은 서점에서 민들레 야학을 다녔던 명희를 만나 수연과 함께 공부방을 시작해 보자고 했다. 명희는 좋아라 하면서도 수연을 데려올 수 있을지 모르겠다고 했다. 수연이 이상해졌다고 했다. 수업하다가 갑자기 미친 사람처럼 웃고 결석하는 날이 늘어서 걱정이라고 했다.

명희는 말했다.

"애들이 수군거려요. 수연이가 좀 이상해졌다고요. 무섭다는 애들도 있어요."

명희는 어깨를 흠칫 떨며 "저도 걔가 좀 무서워요" 하고 말했다. 정훈이 픽 웃으며 물었다.

"수연이가 뭐가 무서워?"

"눈빛이랑 목소리요. 가끔은 제정신이 아닌 사람을 보는 것 같아요."

윤옥은 목구멍에서 뜨거운 것이 치솟아 고개를 돌렸다. 민들레 야학이 자신의 세계라고 말하며 웃던 수연의 모습이 떠올랐다. 수연이 무너진 건 자신의 세계가, 자신의 보루가 부서졌기 때문일 터였다. 집에서 무슨 일이 있었을 수도 있었다. 자신이 민들레 야학 밖으로 내몬 영숙의 죽음이 더는 버틸 수 없는 충격이었을지도 몰랐다.

다음 날, 명희는 서점에 다시 찾아왔다. 수연의 승낙을 받았다고 했다. 너무 쉽게 오겠다고 해서 어이가 없었다는 명희의 말에 윤옥은 콧등이 시큰했다.

두 사람 외에 세 명을 더 받았는데 저녁에 낼 수 있는 시간이 저마다 달라서 개개인에 맞춘 수업 시간표를 짰다. 정훈은 유학 준비로 분주했다. 그래도 공부방 학생들에게 수학과 과학을 가르치는 시간은 빼먹지 않으려고 애썼다. 정훈의 수업에는 열의가 있었다. 연산 중심의 수학 수업은 사고력을 기르지 못한다며 자신이 직접 만든 문제를 가져와 수업 재료로 썼다. 학교에서는 시도하기 어려운 수업이었다. 윤옥은 그런 정훈의 수업이 마음에 들었다. 어쩌면 오랫동안 함께 일할 수 있는 친구일지도 모른다고 생각했다. 어쩌면 이 일을 통해 기대하지 않았던 미래가 열릴 수도 있다고 생각했다.

서점 주인 노릇도 생각보다 괜찮았다. 바삐 출근할 필요가 없었고 책으로 둘러싸인 공간에서 하루를 보내는 것도 좋았다. 문법 공부를 하다가 소쉬르와 촘스키에 관심을 갖게 됐고 일반 언어학 강의, 변형-생성문법 이론 같은 책들을 보며 혼자 언어학을 공부했다. 아침에 문을 열고 서점으로 들어서면 밤새 고인 책 냄새가 당겨 나왔다. 정훈의 이름으로 계약한 서점이기는 했으나 운영은 오로지 윤옥의 몫이었다. 서점 운영으로 윤옥의 생활비와 풀뿌리 공부방 운영비, 장학금 예산을 충당해야 했다. 한마디로 학생들 대상으로 책 장사를 잘해야 하는 거였다.

윤옥은 어떻게 하면 애들이 많이 올 수 있을까 생각하다가 서점 바깥에 아이스크림 냉장고를 놓았다. 복사기와 코팅기도 사서 학생들의 주문을 받았다. 서점 한쪽에는 미술 준비물을 준비해 놓는 식으로 자잘한 수익을 올렸다. 주변 서점이나 문구점보다 약간 낮은 가격을 책정했다. 학생들이 오면 최대한 친절한 얼굴로 맞았고 가능하면 이름을 외우고자 했다. 소설이나 동화책 같은 단행본은 30퍼센트의 이문이 남았으나 학생들은 거의 사지 않았다.

돈이 되는 것은 문제집이었다. 주변 학교에서 학생들이 구입해야 하는 문제집을 채택하면 출판사에서 서점으로 전화가 왔다. 채택된 문제집을 가져가서 팔라고 했다. 윤옥은 캐리어를 두 개씩 들고 영등포 청과물 시장 근처에 있는 서적 도매상으로 갔다. 여러 번 왔다 갔다 하며 문제집을 날랐다. 들어오는 돈이 늘어가는 재미가 쏠쏠했다. 옆 고등학교 앞에 있는 서점이 트럭으로 책을 떼다가 팔아서 속이 타기도 했다.

저녁이 되면 풀뿌리 공부방 학생들이 서점으로 찾아왔다. 윤옥은 오전 오후에는 서점을 지키며 공부하다가 정훈이 오면 서점을 맡기고 도매 상가에서 미술용품 같은 것들을 사 왔다. 밤열 시가 넘어 들어올 때도 있어서 윤옥은 야간 수업을 맡았다. 윤옥이 국어과, 사회과를 맡고 정훈이 수학과, 과학과를 맡았다.

수연은 매일 풀뿌리 서점에 왔다. 수업이 없는 주말에도 공부방에 도장 찍듯 나왔다. 정훈도 없고 윤옥도 바쁠 때는 윤옥 대신 서점을 지키기도 했다. 서점 판매대 뒤에 앉아 책을 읽거나 수학 문제를 풀었다. 윤옥이 나갔다 들어오면 꼬았던 다리를 내리며 작은 소리로 "오셨어요"라고 인사하고는 판매 장부를 보여주었다. "더 있다 갈래?" 하는 윤옥의 물음에 수연은 "괜찮으시다면요" 하고 대답했다. 그렇게 말하는 수연의 눈동자에는 초점이 없었다.

풀뿌리 서점에서는 앓는 짐승처럼 굴었으나 수연의 학교생활은 날카로웠다. 밤공부를 마치고 집으로 돌아가기 전 명희는 윤옥에게 심란하다는 얼굴로 말했다.

"선생님, 수연이 좀 어떻게 해보세요. 쟤 저러다가 퇴학이라도 당할 것 같아요."

수연은 머리카락 길이를 제한하는 학교 규정을 따르지 않고 무릎 위로 올라오는 스커트를 입고 등교하기도 했다. "수연이 너 이런 식이면 또 정학이다" 하고 엄포를 놓는 학생주임에게 "그러시던가요" 하고 조용히 말했다. 수업 시간에 체벌하려는 교사가 있으면 자리에서 일어나 왜 때리려는 거냐고 물었다. 수연이 차분한 투로 추궁에 가까운 질문들을 계속하면 교사들은 회피하거나 폭발하거나 했다고, 명희는 조금은 부럽다는 투로 말했다.

윤옥은 수연에게 아무것도 묻지 않았다. 내버려 두고 함께하며 기다려야 할 때라는 판단이었다. 윤옥은 수연에게 판매 장부를 관리하게 했고 밀린 복사물이나 코팅 처리를 맡겼다. 윤옥이 아르바이트 비용을 주겠다고 했으나 수연은 "이미 받고 있는걸요" 하고 말했다.

언젠가는 수연이 마음을 열고 자신의 내부에 켜켜이 쌓인 거무튀튀한 것들을 밖으로 토해내기를 바랐다. 수연에게 자신의 세계를 구축할 기회가 다시 찾아오리라는 믿음을 심어주고 싶었다. 세상에서 수연이 자리를 잡는 모습을 보고 싶었다.

그러나 그리되지 않았다.

늦은 밤, 미술용품을 떼러 도매상에 다녀왔을 때였다. 서점 안쪽 공부방에서 누르는 듯한 목소리가 새어 나왔다. 남자와 여자의 교성이었다. 다른 음조이면서도 상대를 집요하게 휘감는 소리였다. 윤옥은 공부방 문 앞에서 칼에 찔린 것처럼 서 있었다. 문 앞에는 정훈의 찌그러진 갈색 구두와 수연의 하얀 운동화가 아무렇게나 놓여 있었다.

공부방 안에서 울려 나온 떨림이 윤옥의 세계를 뒤흔들었다. 몸의 어딘가가 뭉텅뭉텅 잘려 나가고 주변의 사물들이 산산조각 나서 갈라지는 것 같았다. 진양의 복판에 있는 것처럼 제대로 서 있을 수가 없었다. 윤옥은 반걸음 뒤로 물러서다 왼손으로 책장을 짚었다. 그런 행동들이 인기척을 일으켰는지 공부방에서 헐떡이던 숨소리가 틀어막힌 듯 멈추었다.

미닫이문이 열리고 정훈의 이마와 눈이 나타났다가 탁, 소리를 내며 문이 닫혔다. 윤옥은 숨을 토하듯 뱉었다. 호흡이 가빠졌고 손과 입술이 저렸다. 정훈이 문을 열고 신발도 신지 않은 채 공부방에서 나왔다. 열린 문틈으로 수연의 벗은 어깨와 가느다란 팔이 보였다. 윤옥은 얼른 눈을 돌렸다. 정훈은 헝클어진 머리칼을 매만지고 바지춤을 끌어올리며 무어라 더듬거렸다. 앞뒤 사정을 설명하는 말투였는데 윤옥은 알아들을 수가 없었다. 자신에게 가까이 다가온 정훈에게서 수연이 쓰는 사과 향 로션 냄새가 풍겼다. 그 냄새에 윤옥은 그만 돌아버렸다.

"미친 새끼!"

윤옥은 정훈의 멱살을 틀어쥐고 짐승 같은 소리를 질렀다. 정훈은 윤옥의 손에 잡혀 휘청거리며 밀리다가 바닥에 나동그라졌다. 윤옥은 꽂혀 있는 책들을 빼서 정훈을 향해 내던졌다. 계산대 위에 놓아둔 황소 조각품으로 정훈의 얼굴을 연거푸 내리쳤다. 윤옥은 헐떡이며 소리쳤다.

"쟤는 애야! 아픈 애야! 깨진 애야!"

정훈은 신음을 토하며 몸을 웅크렸다. 코와 입에서 터진 피가
바닥에 징그러운 선을 그렸다. 윤옥은 헉헉거리며 수연을 쳐다
보았다. 수연은 침착하게 하얀 브래지어를 착용하고 흰 스웨터
에 팔을 꿰고 있었다. 윤옥이 보는 것을 알고 있을 텐데도 수연
은 문을 닫지 않았다.

윤옥은 풀뿌리 서점을 뛰쳐나가 다시는 돌아가지 않았다. 수
연은 고등학교를 자퇴한 뒤 종적을 감췄다.

3부

마지막 한 해

– 18 –

　수업을 마치고 교무실로 돌아오던 윤옥은 복도에서 교감을 마주쳤고 껄끄러운 인사를 나누었다. 마음 정하셨느냐는 교감의 메시지를 받은 게 사흘 전이었다. 문을 열고 교무실로 돌아오자 둥근 테이블을 둘러싸고 이야기하던 동료들이 일순간 말을 멈추고 윤옥을 돌아보며 인사를 했다. 윤옥은 여유롭게 웃으며 자리에 앉았다. 어딘지 모르게 어색했다. 동료들이 자신의 거취를 놓고 뒷담화라도 한 것 같았으나 확인할 수 있는 직감도 아니었다.

　다음 수업까지는 두 시간 정도 남았고 당장 처리해야 할 업무도 없었다. 컴퓨터를 켜자 모니터에 교감의 메시지가 떴다.

– 선생님, 1학년 담임으로 가시는 것으로 이해해도 될까요?

윤옥은 눈을 감았다. 비탈진 모래 언덕에 서 있는 기분이었다. 앞으로 나아가려고 애쓰면 아래로 아래로 미끄러지는 것 같았다. 쌓아둔 모든 것이 모래처럼 허물어져 갔다. 자꾸만 무너져 가는 자신을 추스르는 것이 이제는 지긋지긋했다. 괜찮은 척하다 보면 괜찮아질 수 있다는 것도 알았으나 지금은 이 감정을 견디는 것 말고는 다른 길이 없었다.

마음을 추슬러야 했다. 윤옥은 깊은 한숨을 내쉬며 대추차를 머그잔에 따라 마셨다. 여러모로 마음이 어려웠다. 수림 엄마가 돌아가신 뒤로 불안함이 가시지 않았다. 장례식 뒤로 엄마는 행방이 묘연했다. 수림상회는 문을 닫았고 엄마는 연락조차 되지 않았다. 기주가 실종 신고를 해보는 건 어떠냐고 조심스레 말을 건네기도 했다.

그때, 윤옥의 핸드폰이 울리다 끊어졌다. 전화를 건 사람은 수연이었다. 얘가 대체 무슨 일일까. 수연이 윤옥에게 먼저 전화를 거는 일은 없었다. 실수로 전화를 건 걸까 생각했으나 그럴 것 같지는 않았다.

윤옥은 아픈 마음으로 수연을 생각했다. 풀뿌리 서점에서 정훈과의 그 일이 없었더라면 수연의 지금은 어땠을까 생각했다. 오래전 겨울, 놀이공원에서 수연은 말했다.

"선생님, 저는 살고 싶어요."

감정이 실리지 않은 목소리였다. 자기 얘기가 아닌 것처럼, 수연은 살고 싶다고 진술했다. 수연 옆에는 네 살 된 상현이 서 있었다. 수연은 머리부터 발끝까지 온통 잿빛이었다. 무릎 아래로 내려오는 코트는 어디에서 주워 입은 것처럼 헐렁하고 허름했다. 아무렇게나 부풀린 파마머리는 자학한 흔적 같았다. 기온이 영하에 머문 날씨였는데도 목에 아무것도 감겨 있지 않아 목덜미가 희게 드러나 있었다. 영혼마저 말라버린 듯한 모습이었다. 그때, 수연은 윤옥에게 말했다.

"선생님밖에 없어요."

자기 아이를 맡아달라는 말이었다. 세상에 아픈 일 겪은 사람이 너뿐인 것 같으냐고, 다 털고 어서 일어서야 한다고, 윤옥은 말하고 싶었다. 스스로를 망쳐버린 수연에게 화가 났으나 자기가 보일 수 있는 반응은 아니라고 생각했다. 윤옥은 수연의 손에 잡힌 상현을 내려다보았다.

아이를 키운 적이 없는 윤옥의 눈에도 상현은 어딘가 문제가 있어 보였다. 표정이 없는 얼굴로 상현은 검지를 빨았다. 놀이 기구에도 흥미를 보이지 않았다. 상현은 윤옥에게도, 엄마인 수연에게도 눈을 두지 않았다. 어디를 바라보는지 알 수 없는 눈빛이었다. 머리칼은 푸석했고 얼굴에는 핏기가 없었다. 몸과 마음이

결핍된 아이라는 걸 한눈에 알 수 있었다.

속에서 무언가가 끓어오르는 기분이었다. 아이를 이렇게 만든 수연에게 화가 났다.

"왜 나지?"

"누구든 상관없어요. 더는 애를 키우고 싶지 않을 뿐이에요."

수연은 금이 간 유리잔 같았다. 조금만 더 압력을 가하면 칼날 같은 조각을 사방으로 흩뿌리며 부서질 터였다. 수연에게 다른 선택지를 제시할 수도 있었다. 수연이 생각하지 못한 대안을 알아볼 수도 있었다. 그러나 그때는 수연의 말에 따라주는 것보다 더 좋은 게 없었다. 자기 아이를 키우지 않겠다고 말한 데에는 어떤 이유가 있을 터였다. 궁지에 몰렸기에 이러는 거겠지, 윤옥은 생각했다. 수연의 딱한 사정들을 알고 싶었으나 윤옥은 묻지 않았다. 수연을 밀어낼 수는 없었다. 수연에게 자신이 폐기된 존재가 아니었다는 생각에 반가운 마음도 들었다.

윤옥은 쪼그리고 앉아 아이의 손을 잡았다. 윤옥의 손안에 들어온 터무니없이 작은 손은 문밖에 방치된 물건처럼 차갑고 거칠었다. 상현은 수연을 한 번 올려다보았을 뿐 윤옥에게서 손을 빼지 않았다. 윤옥은 상현을 잡은 손에 부드럽게 힘을 주었다. 차가웠던 상현의 손이 조금씩 녹는 게 느껴졌다.

"이름이?"

아이는 대답하지 않았다. 수연이 먼 곳을 쳐다보며 말했다.

"상현이에요."

윤옥이 수연을 쳐다보자 수연은 쓰게 웃으며 말했다.

"짐작하시는 대로예요."

정훈의 아이라는 말이었다. 슬펐고 화가 났다. 상현을 봤을 때 부터 염려했던 것이었다.

윤옥은 상현의 손에 입김을 불어주었다. 가슴이 아파왔다. 책 임지지 못했던 것을 다시 세우고 싶었다. 수연이 불쌍했다. 할 수 있다면 수연을 붙들어 주고 싶었다. 윤옥은 핸드백에서 메모지 를 꺼내 집 주소를 적어 건네주었다.

"우리 집 여기야."

수연은 메모지를 받아 주머니에 넣었다. 상현과 윤옥을 내려 다보던 수연이 마른 소리로 말했다.

"갈게요."

수연은 상현의 손을 놓고 몸을 돌렸다. 윤옥은 코트 주머니에 손을 넣고 태연한 걸음걸이로 놀이공원을 빠져나가는 수연의 뒷 모습을 바라보았다. 수연은 뒤돌아보거나 머뭇거리거나 걸음을 멈추지 않았다.

몇 달 뒤 윤옥은 상현을 자기 아이로 출생신고 했다. 당시 관 례로 통하던 입양의 한 방법이었다. 수연에게 정말 괜찮겠느냐고 연락했을 때, 수연은 작은 목소리로 언젠가는 데리러 가겠다고 말했다. 힘이 하나도 실리지 않은 목소리였다. 그렇게 상현은 윤옥에게 왔다.

명희에게서 간간이 수연의 소식을 전해 들을 수 있었다. 수연은 진보적인 신학대학의 종교학과를 다니다가 가구 공장을 하는 남자와 결혼했다. 한때는 백화점에 납품할 정도로 흥했던 그 가구 공장은 IMF 때 직격탄을 맞아 도산했다. 지금은 그럭저럭 잘 사는 듯했다. 수연의 남편은 힘든 시기를 거쳐 다시 일어나 가구 도매업을 시작했고 수연은 부동산 공인중개사 자격증을 딴 뒤 몇 년 지나 공인중개사 사무소를 개업했다. 늦게 얻은 수연의 딸은 건강하고 똑똑해서 주변의 부러움을 산다고 했다.

수연을 생각하면 여전히 애틋했다. 상현의 옷을 개다가, 식탁 앞에 앉은 상현이 "오늘 반찬 진짜 맛있는데요?" 하고 웃을 때마다, 윤옥은 수연을 떠올렸고 여운이 남는 감정들을 옅은 미소로 거두어 들였다.

윤옥은 부재중 전화로 떠 있는 수연의 번호를 내려다보았다. 수연은 왜 전화를 걸다가 말았을까. 어쩌면 뉴스로 정훈의 소식을 들었기 때문일지도 몰랐다. 마음이 어지러웠을지도 몰랐다. 누군가에게 자신의 맺힌 마음을 털어놓고 싶었던 걸지도 몰랐다. 정훈과 상현의 일을 털어놓을 수 있는 사람은 윤옥뿐이었을 것이다.

열아홉이었을 때 만난 수연이 쉰이 넘었는데도 여전히 윤옥에게 수연은 우리 반 그 아이 같았다. 안타까웠고 아까웠다. 무너진 세계의 폐허 속에서 어쩔 줄 몰라 하던 그 시기를 잘 넘겼더라면 수연은 어떻게 살았을까, 이따금 생각하곤 했다. 그 생각을 하면 정훈에 대한 분노가 일곤 했다.

윤옥은 책상 위에 핸드폰을 엎어두었다. 언젠가는 수연을 만나 고맙다고, 너는 최선을 다해 잘 살고 있는 거라고, 상현에 대해 죄책감을 느끼지 말라고 말해주고 싶었다. 지금이 그때는 아닌 것 같았다. 윤옥은 책상 책꽂이에서 『촘스키의 통사구조』를 뽑았다. 촘스키 언어 이론의 핵심인 변형이론을 소개한 책이었다. 고전이나 다름없는 책이었고 이미 몇 번이나 읽었지만 차분히 다시 읽으면 번잡한 마음이 가라앉곤 했다. 윤옥은 허리를 바로 세우고 심호흡을 한 뒤 책을 폈다. 지금의 심란한 마음이 새로 들어오는 문장에 밀려 사라지기를 빌면서. 첫 챕터의 첫 단락을 읽으려는데 핸드폰 진동이 울렸다.

– 선생님, 잘 지내시죠? 상현이도 잘 있고요?

수연의 문자 메시지였다. 수연의 심란한 마음이 느껴지는 듯했다. 윤옥은 책을 덮었다. 또다시 정훈이 생각났고 이번에는 화가 치밀어 올랐다. 이대로 학교를 뛰쳐나가 교육청으로 찾아갈

까. 네가 저질러버린 일로 수연이 어떻게 살아왔는지 아느냐고 소리라도 질러버릴까. 언론사에 제보를 하거나 정훈의 과거를 폭로하는 글을 익명 게시판에 올려버릴까, 하는 생각들이 아무렇게나 뻗쳐나갔다.

윤옥은 긴 한숨을 내쉬며 눈을 감았다. 내가 대체 왜 이러고 있는 걸까. 전부 다 말도 안 되는 생각이었다. 그래 버리면 아무것도 모르는 상현은 어쩌란 말인가. 상현은 윤옥을 만나기 전 자신의 어린 시절과 수연을 하나도 기억하지 못하는 것처럼 굴었다. 아버지가 없는 건 윤옥이 버려진 자신을 입양했기 때문이라고 알고 있었다. 상현도 고민이 많았을 것이다. 상현이 자신의 삶을 살아가기 위해 결정한 태도가 윤옥은 아슬아슬하면서도 고맙고 미안했다.

"저, 선생님."

뒤에서 윤옥을 부르는 소리가 들렸다. 돌아보니 2학년 교무실의 젊은 남자 교사가 서 있었다. 그는 윤옥의 책상에 도톰한 각 봉투를 올려놓으며 말했다.

"우편물이 와 있어서요. 제 거 챙겨 오는 김에 같이 가져왔어요."

윤옥은 눈가에 주름을 잡고 입가를 올리며 "고맙습니다" 하고 말했다. 그도 차분히 웃으며 가벼운 눈인사를 했다. 궁지에 몰렸기 때문인지 작은 친절에도 마음이 뭉클했다. 윤옥은 각봉투를 돌려 보며 어디에서 보낸 것인지 확인했다.

보낸 사람 자리에 '임옥순'이라는 글자가 적혀 있었다. 엄마 이름이었다. 글씨도 엄마의 것이 맞았다. 윤옥의 양미간이 좁아졌다. 보낸 주소가 아는 곳이 아니었다. 제주도 서귀포에서 온 우편물이었다. 불길한 느낌에 한쪽 머리털이 쭈뼛 섰다.

수림 엄마 장례식 이후 처음 온 연락이 우편물이라니.

윤옥은 서둘러 봉투를 뜯었다. 봉투 속에는 편지 봉투와 DVD 한 장이 들어 있었다. 이게 다 뭔가 싶었다. 편지는 그렇다 치더라도 DVD는 도무지 종잡을 수 없는 물건이었다. DVD 케이스에는 방송국의 로고와 「인물을 보다: 28화 한라산에 핀 사랑의 꽃」이라는 방송 프로그램 이름이 적혀 있었다. 「인물을 보다」는 윤옥도 아는 인물 다큐멘터리 프로그램이었다. 날짜를 보니 두 달 전에 방송한 영상물이었다.

DVD 케이스에 엄마가 적은 글이 보였다.

편지를 읽기 전에 비디오를 먼저 보았으면 좋겠다.

편지는 제법 두툼했다. 편지에 손이 갔으나 DVD 케이스에 네임펜으로 반듯하게 적은 엄마의 글이 걸렸다. 편지를 따로 넣은 봉투 입구가 풀로 단단히 붙어 있기도 했다. 윤옥은 컴퓨터를 켜고 DVD를 넣었다. 영상이 재생되기 시작했다. 20분짜리 다큐멘터리여서 다음 수업 준비에는 문제가 없을 것 같았다. 윤옥은 이어폰을 귀에 꽂았다.

다큐멘터리 영상물의 배경은 가을의 한라산이었다. 노년의 남자가 길이 없는 산으로 올라가며 같이 걷는 PD에게 말했다.

"여기, 이쪽에 보면요."

남자는 바위틈을 가리키며 말했다.

"이게 바로 석창포라는 겁니다."

카메라는 석창포라는 풀을 비췄다. 잎이 가늘고 끝이 칼끝처럼 뾰족한 풀이었다. PD가 말했다.

"어휴, 생긴 게 예사롭지 않네요."

남자가 받았다.

"이게 우리 애들 약입니다. 이걸 달여 먹으면 머리가 좋아져요."

화면 아래에 석창포의 효능을 알려주는 자막이 떴다. 석창포가 뇌에 쌓인 담을 없애준다고 했다. 수험생의 머리를 맑게 해주는 총명탕의 주요 재료로 쓰인다고 했다. 남자는 능숙한 솜씨로 석창포를 채취했다.

"석창포는 우리 애들 밥이기도 해요. 이걸 말려가지고 팔아서 우리 애들 밥도 먹이고 옷도 사고 그러는 거죠."

윤옥은 눈을 빠르게 깜박였다. 남자의 목소리가 귀에 익었다. 어디에서 본 것 같은 옆얼굴이었다. 다큐멘터리에 잔잔한 음악이 흐르고 내레이터의 목소리가 들렸다.

"장애가 있는 사람들을 아들처럼 돌보고 있는 박경수 씨. 여든 넘은 나이에도 그가 지고 있는 짐은 여전히 무겁다. 바로 이들 때문이다."

카메라는 박경수의 옆얼굴을 슬쩍슬쩍 비추며 그의 집으로 따라갔다. 구레나룻에서 시작된 북슬북슬한 회색 턱수염과 젊었을 적 기골이 남아 있는 몸집이 정말로 낯익었다.

산 아래 평평한 곳에 텃밭이 나타났다. 텃밭 옆에 현무암으로 담을 두른 낮은 슬레이트 지붕 집이 있었다. 조립식 벽으로 세운 주택이었다. 담장에는 농기구가 세워져 있고 빨랫줄에는 옷들이 가지런히 걸려 있었다. 박경수가 마당으로 들어서자 하얀 긴소매 티를 입은 사람들이 "아부지! 아부지!" 하며 뛰쳐나왔다. 모두 다섯 명이었는데 30대로 보이는 남자도 있고 예순이 넘어 보이는 남자도 있었다. 윤옥의 눈이 커졌다. 기적의 집에서 보았던 사람들이 떠올랐다. 박경수가 걸걸한 목소리로 "아들들아!" 하며 두 팔을 벌렸다. 아들이라는 남자들이 어눌한 걸음걸이로 다가와 박경수를 얼싸안았다. 박경수는 카메라를 향해 똑바로 서서 말했다.

"아무쪼록 저희에게 관심을 좀 주십시오. 도와주시면 좋겠어요. 이젠 저도 나이가 들어서 좀 벅찬 감이 있거든요. 방송에서 이런 얘기를 해도 되는 건지 모르겠네요."

박경수는 다시 껄껄 웃었다.

윤옥은 떨리는 입술을 손으로 문질렀다. 머리통을 한 대 얻어맞은 것처럼 정신이 아찔했다. 박경수가 하성호 같았다. 동생 지호를 데려갔던, 지호를 데리고 다른 나라로 선교를 떠났다 했던 그 하성호와 비슷했다. 설마 하는 생각이었으나 직감은 뚜렷했다. 박경수가 남자들을 하나씩 소개했다.

"얘는 상규. 올해 쉰둘이에요. 노래를 얼마나 잘하나 몰라요."

"얘는 현욱이. 마흔이 넘었는데 좀 많이 순박하죠."

그는 그렇게 말하며 호탕하게 웃었다. 모니터 화면과 기억 속 한 장면이 겹치면서 소름이 돋았다.

박경수가 말했다.

"여기, 이 친구 좀 잘 찍어주세요."

카메라가 늙수그레한 남자를 비췄다. 박경수가 작고 마른 남자의 어깨를 감싸 안으며 말했다.

"이 친구는 지호입니다."

"아악!"

윤옥은 소리를 지르고 말았다. 교무실에 윤옥의 고함이 울리자 여기저기에서 웅성거리는 소리가 들렸다. 윤옥은 영상을 멈추고 자신을 쳐다보는 선생님들에게 미안하다고, 잠깐 놀라서 그렇다고 말하며 분위기를 수습했다. 윤옥은 이마에 배어 나오는 땀을 닦았다. 팔다리가 저렸고 눈 밑이 실룩거렸다. 아랫입술을 지그시 물고 거칠어진 호흡을 내리눌렀다. 그리고 다시 화면을 쳐다보았다.

지호라니.

하성호가 지금까지 지호를 데리고 있었단 말인가. 윤옥은 꽉 쥔 주먹으로 입술을 짓눌렀다. 다시 재생 버튼을 클릭했다. 박경수라는 자의 말이 이어졌다.

"우리 지호 나이가 제일 많아요. 제가 제일 예뻐하는 친구입니다. 기도와 눈물로 다시 낳은 자식이지요. 얘가 이만큼 좋아진 건 기적입니다."

윤옥은 다시 화면을 멈췄다. 분명히 지호라고 했다. 윤옥은 일어서서 모니터 가까이 얼굴을 들이밀었다. 동생 지호인지, 이름만 지호인 사람인지 알 수가 없었다.

PD가 지호에게 질문했다.

"아버지는 어떤 분이에요?"

지호는 움츠러든 얼굴로 더듬더듬 말했다.

"아버지는…… 좋아요."

화면 아래 자막을 띄워야 알아들을 수 있을 정도로 분명치 않은 발음이었다. 윤옥은 영상을 정지하고 지호라는 남자의 얼굴을 구석구석 살폈다. 지호와 닮은 것 같았다. 눈매와 콧날에서 지호의 어릴 때 모습이 보이는 것 같았다. 윤옥은 다시 영상을 재생시켰다. 박경수라는 남자가 말했다. 오래전부터 장애가 있는 아이들을 입양해서 키웠다고, 이제는 가족보다 더 끈끈한 사이가 됐다고 했다. 바라는 게 있다면 천국에서 이 아이들을 다시 만나는 것뿐이라고 했다. 그렇게 말하면서 그는 눈물을 글썽였다.

윤옥은 눈을 감았다. 감정에서 벗어나 상황을 냉정히 보아야 했다. 윤옥은 스스로에게 물었다. 텔레비전에 나온 박경수라는 남자는 정말 하성호인가? 하성호 옆에 있던 지호는 정말 지호인가?

하성호일 수 있었다. 돈을 떼먹고 도망쳤다가 다시 돌아와 과거를 지우기 위해 이름을 바꿨을 수도 있었다. 하성호가 몇몇 아이들을 데리고 사라진 것은 40여 년 전 일이다. 사람들이 잊었을 거라 생각하고 텔레비전 출연을 감행했을지도 모른다. 그것도 아니면 돈이 궁해서, 혹은 유명해지고 싶어서 그랬을 수도 있다. 불확실한 생각들로 머리가 복잡했으나 하나만큼은 분명했다.

박경수는 하성호일 것이다.

지호에 대해서는 그저 당황스러운 기분이었다. 지호가 좋아졌다는 말은 납득이 가지 않았다. 뇌병변장애는 현 상태를 유지하는 것이 최상이었다. 손상된 뇌가 약으로 재생되는 일도 없었다. 그러나 박경수는, 아니 하성호는 말했다. 기도로 지호가 많이 좋아졌다고 했다. 윤옥은 어릴 적 지호의 모습을 생각했다. 누워서 생활할 수밖에 없던 지호였다. 말은커녕 제대로 발음조차 하지 못했다. 세심히 돌보지 않으면 그냥 지나갈 감기도 폐렴으로 번지곤 했다.

윤옥은 어금니를 꽉 물고 낮은 신음을 흘렸다. 하성호가 카메라 앞에 세운 지호는 정말 우리 지호일까. 지호가 살아 있다면 50대 후반일 터였다. 만약 저들이 하성호이고 지호라면, 감사 인사라도 하러 하성호를 찾아갈 일이었다. 하지만 그러기에는 의심스러운 게 적잖았다.

윤옥은 생각을 가다듬었다. 벌어진 일을 차근차근 정리하고자 했다. 그러다 엄마를 생각했다.

엄마도 이 방송을 보았을 것이다. 윤옥과 같은 생각을 했을 것이다. 그것도 두 달 전에.

엄마는 가만히 있지 않았을 것이다.

몸에 힘이 빠져나가면서 소름이 돋았다. 윤옥은 넋 나간 사람처럼 소리 내어 중얼거렸다.

"편지. 편지."

윤옥은 황급히 편지 봉투를 뜯었다.

– 19 –

윤옥에게

네가 이 글을 읽을 때면 나는 세상에 없을 것이다.

오늘 아침 마음을 정했다.

아무래도 곱게 죽을 팔자는 아닌 모양이다.

행여나 이 글이 네게 닿지 않을까.

그게 하나 남은 걱정이다.

아쉬운 게 하나 있다면 고향에 가보지 못한 것이다.

나는 춘천에서 태어났다. 소와 돼지를 잡아 고기를 파는 집의 셋

째 딸이었다.

요즘에야 정육점이라는 그럴듯한 점포 이름을 달고 있으나

그때는 아니 그랬다.

박복한 사람들이 많은 동네였다.

학교도 가고 싶었으나 갈 수가 없었다.

오라비들 어깨너머로 한글을 깨쳤다.

글자를, 아니 책을 읽을 수 있어서 좋았다.

글자가 적힌 거라면 그게 무어든 다 읽고 보았다.

어린 나이에 전쟁을 겪었다.

부모님과 오라비들은 이름도 가물거리는 산속에서 죽었다.

갈 곳 없어 서울로 왔다. 힘들게 살았지만 검정고시로 고등학교

를 마쳤다.

공부하다 만난 네 아버지와 결혼해서 너와 지호를 낳았다.

지호를 돌보는 게 힘들었다. 그래도 그때가 좋았다.

네게 미안한 날들이 많았으나 그때가 좋았다.

원통한 마음이 들 때야 왜 없었겠느냐만,

그게 무에 중요한가 싶었다.

지호를 돌보고 너를 기를 수 있다는 걸로 나는 만족했다.

지호를 업고 산책도 할 수 있었다.

길가에 핀 패랭이꽃과 코스모스와 벌개미취를 손으로 건드리면 그것들이 살랑살랑 움직였다.

몇 안 되는 찬이었으나 된장도 맛깔지고 쌀에는 윤기가 돌았다.

잠들기까지 네가 내 머리칼을 만지는 것도 좋았다.

내 사나운 팔자가 네게 서러움으로 이어지는 것이 미안했다.

너는 똑똑한 아이였다.

너는 나를 닮았다. 네 어미라는 사실이 나는 뿌듯했다.

앞날이 어찌 될지 알 수 없는 시절이었어도 너를 생각하면 힘이 났다.

그러니까 나는 지금,

고맙고 미안했다고 말하려는 것이다.

그리고 내가 저지를 행동 때문에 마음 아파하지 말라고 말하려는 것이다.

결국, 사람은 혼자다.

젊을 때는 옆에 사람이 북적이다가도

하나둘 떠나고, 곁에 있는 마지막 사람마저 보내고,

그리고 나도 훌쩍 떠나면 그만인 것이다.

수림 엄마를 보내고 나니 몸에서 힘이 빠졌다.

숟가락이 무겁고 칫솔질이 버거웠다.

나도 이제 떠나야 할 때가 된 거라고 생각했다.

네가 마음에 옹이처럼 박히긴 했다.

그래도 나는 너를 믿었다. 상현이에게 잘하는 너를 보며

나는 네가 사는 게 마음에 들었다.

네게 의탁해서 말년을 보내는 것이 순리라고 생각했다.

그러나 무슨 이유에선지 살고 싶지 않았다.

거울을 보면 내 눈에서 빛이 사그라들었다는 걸 알 수 있었다.

그만 살아도 되겠다 싶었다.

그러다 두 달 전쯤 텔레비전에서 하성호를 보았다.

윤옥아, 나는 지호를 버렸다.

못 할 짓이었다. 그래도 보내야 한다고, 당시에는 생각했다.

수림 엄마가 권하긴 했다. 지호를 보내야 한다고, 지호가 더 잘

살 수 있다고 했다. 어쩌면 나을 수도 있다고 했다.

지금 와서 돌이켜 보면 나는 알고 있었다.

지호를 보내는 게 버리는 거라는 걸 알고 있었다.

그때는 아니라고 나는 내게 우겼다.

구차한 소리를 혼자 중얼거렸다.

그렇게 해결해 버려서는 안 되는 일이었다.

네가 원주에서 돌아와 내게 전화했던 날을 기억한다.

나는 그날이 아프다.

수림 엄마가 없었다면 곡기를 끊을 뻔하였다.

지금도 그때를 생각하면 가슴이 저민다.

나는 나 살자고 지호를 버렸다.

네게서 하성호와 지호가 사라졌다는 소식을 듣고도 지호를 찾지 않았다.

너무했다고 생각하느냐. 잔인했다고 생각하느냐.

나는 지호가 죽었을 거라 생각했다. 죽었을 지호를 마주하고 싶지 않았다.

하성호는 생각도 하고 싶지 않았다.

그런데,

몇십 년 만에 하성호가 텔레비전에 나온 것이다.

이름을 바꾸었으나 그였다.

방송국에 물어 하성호를 찾아갔다.

그 지호가 정말 우리 지호인지 확인하고 싶었다.

하성호는 나를 알아보지 못했다.

시간을 거슬러 설명하자

지호 엄마 오셨느냐고.

지호는 아주 잘 지내고 있다고.

그가 그랬다.

기도로 다시 빚은 아들이라고 했다.

기적이 일어났다고 했다.

달리다굼! 했더니 지호가 일어섰다고 했다.

그럴 리가 없다고 생각하면서도

그의 말에 나는 눈물을 쏟았다.

정말로 지호가 나은 것처럼, 기적을 만난 것처럼 울었다.

하성호가 내게 지호라며

작고 가무잡잡한 남자를 데려왔다. 생긴 게 꼭 쥐 같았다.

자기가 한 번 안고 내게도 안아보라고 했다.

잘 먹고, 약풀도 잘 달여 먹고, 운동도 많이 하고, 기도도 열심히

했다고, 지호가 그랬다고 했다.

그래서 좀 달라졌어도 아들을 알아봐 달라고 했다.

지호가 아니었다.

그런데도 하성호는 내 쪽으로 그 남자를 떼밀면서

"엄마라고 불러봐라, 지호야" 하고 말했다.

시키는 대로, 그 남자는 나를 안으며 "엄마" 하고 말했다.

나도 얼결에 그 남자의 등 언저리에 손을 얹었다.

도드라진 등뼈와 갈빗대 사이로 투둑투둑 손가락이 들어갔다.

굴곡진 뼈다귀가 애처로워서 나도 모르게 손에 힘을 주었다.

그랬더니 그 작은 남자가 우는 것이다.

정말로 제 어미를 만난 것처럼 우는 것이다.

소처럼 우는 것이다.

나도 울었다. 지호를 만난 것처럼 울었다.

지호야, 내 새끼야, 미안하다. 내가 잘못했다. 용서해 다오 하고
나는 지호에게 용서를 구했다.

하성호에게 간청했다.

가정부라도 할 테니 여기에서 지호를 돌볼 수 있게 해달라고
했다.

필요한 일은 무어든 다 하겠다고 했다. 내 돈으로 지호와 친구들
을 돌보고 싶다고 했다. 그렇게 죄를 씻겠다고 했다.

나를 어떻게 보았는지, 하성호는 그러라고 했다.

알고 싶었다.

지호가 어떻게 된 건지 알아야 했다. 하성호와 어떻게 살았을지
알고 싶었다.

자격이 없으나 그것도 모르고 세상을 그만두고 싶지 않았다.

나는 하성호와 그가 쥐고 있는 이들을 돌보았다.

밥을 해 먹이고 옷을 빨아 입히고 자리를 갈아주었다.

하성호는 나쁜 사람이었다.

처음 며칠은 나를 의식해 말과 행동을 조심했다.

며칠뿐이었다. 하성호는 본래 모습으로 돌아갔다.

그는 잔인하고 거친 사내였다. 자기가 거둔 이들을 학대했다.

약초를 캐 오라며 장작을 들었다.

당연히 제대로 찾아오지 못했고, 하성호는 그들을 때렸다.

안찰을 한다고, 맞으면 좋아진다고 했다.

나이가 들었기 때문인지 머리가 둔한 사람이었는지, 아니면 술 때문에 어딘가 고장 나버린 것인지, 그는 내가 지호의 어미임을 잊어버린 것 같았다.

나는 하성호를 말리다가 그 사람들 대신 맞기도 했다.

하성호가 내게 지호라고 했던 남자는 그 뒤로도 나를 엄마라고 불렀다.

내 옆에 새처럼 쪼그리고 앉아 "엄마, 엄마" 하고 불렀다.

처음에는 듣기 싫었다.

아예 몸을 피해버리기도 했다.

그런데 자꾸 듣다 보니 헷갈리는 것이다.

지호가 살아 돌아온 것 같았고, 정말 나은 것 같았다.

바라는 대로 믿고 싶은 마음 때문이라는 걸 알았다.

그래도 가끔은 그 남자가 지호처럼 느껴져서, 나는 그에게 잘해
주었다.

그 남자를, 하성호가 죽였다.

무슨 이유였는지도 모르겠다. 뭐가 뒤틀렸는지 술에 절어 매질
을 했다.

매질은 한 번으로 끝나지 않았다. 내가 말려도 소용이 없었다.

그날 밤 지호는 죽었다.

축 처진 지호를 업고 하성호는 숲으로 사라졌다.

잠시 뒤 내려와 삽을 들고 다시 올라갔다.

지호가 한스러운 삶을 이렇게 마감했구나, 생각했다.

하성호가 좋은 일을 한 것일 수도 있겠다는 생각이 들었다.

나도 같이 미쳐가나 싶었다.

날이 밝는 대로 경찰서에 가겠다고 생각했다.

그런데 말이다, 윤옥아.

아침이 되자 하성호가 같이 살던 다른 남자를 내 앞에 데려다

놓고는 말했다.

"지호 엄마, 지호가 왔네요."

그러면서 크게 웃는 것이다.

"얘가 지홉니다. 많이 컸지요" 하는 것이다.

나를 떠보거나 위협하는 게 아니었다. 하성호는 진심이었다.

하성호는 내 손을 어루만지며

"그동안 정말 고생이 많으셨습니다. 지호가 많이 좋아졌으니 얼마나 좋으세요. 하나님께 영광을 돌려야지요."

그렇게 말했다.

또 다른 지호에게 나를 엄마라고 불러보라고 했다.

하성호에게 지호는 어떻게 되었느냐고 대놓고 물어보았다.

하성호는 걱정스럽다는 투로 말했다.

지호가 저기 있는데 대체 왜 그러시느냐고.

지호는 죽었을 것이다.

어쩌면 하성호가 죽였을지도 모른다.

어쩌면 더 많은 지호를 묻어버렸을지도 모른다.

나는 생각했다.

왜 하필이면 지호였을까, 거듭 생각했다.

알 수가 없더구나.

안다는 것은 의심 없이 믿는 것 아니겠느냐.

말해줄 자를 믿을 수가 없는데,

지호가 어떻게 살았는지 어디에 있는지, 내가 어찌 알 수 있겠느냐.

나는 하성호를 내 손으로 끝내야겠다고 마음먹었다.

나의 생도 함께 마감해야겠다고 생각했다.

결심이 찾아올 때를 기다렸다.

챙기고 돌보던 그 아이들이 가여워서 떠나기 전에 조금이라도 더 돌보고 싶었다.

꺼졌던 볼에 조금이나마 살이 차오르고,

가끔 웃게 해주고,

올이 풀리고 구멍 난 옷을 버리고 새 옷을 사 입히는 게 좋았다.

한라산은 아름답더구나.

언제고 너와 한번 함께 오고 싶더구나.

돌이 다르고 나무가 다르고 풀이 다르더구나.

좁은 바다 하나 건넜을 뿐인데 다른 세상이었다.

어릴 때 삼촌 집에 심부름하러 간 적이 있었다.

아침나절부터 가야 하는 심부름이었다.

애기똥풀이 드문드문 자란 논두렁을 건너 작은 천을 지나가야 하는 심부름 길이었다.

천에서 넘친 안개가 논두렁까지 깔렸었다.

흰 안개 품에 애기똥풀 노란 꽃이 솟아나 있었다.

몇 살 때 기억인지는 모르겠다.

다만 나는 그 장면을 평생 기억하게 될 거라 생각했다.

제주도에는 유채꽃이 많다 하니 이곳에도 노란 꽃이 필 것이다.

안개에 잠긴 애기똥풀꽃을 한 번 더 보고 죽고 싶다는 생각도
했다.

그저께, 하성호는 또 한 사람의 지호를 죽였다.

경찰에게 갈 수도 있었다.

그러고 싶지 않아서 그러지 않았다.

사람을 죽이는 게 쉬울 리 없다고 생각했다.

그런데도 나는 하성호를 내 손으로 끝내고 싶었다.

왜 그랬는지는 모르겠다.

아마도,

지쳤기 때문이겠지.

갚아주고 싶은 마음 때문이었겠지.

그렇게 생각을 정리했다.

하성호의 아이들이 이제는 다 지호로 보인다.

내가 하성호를 죽이고 나면 이 아이들은 다른 곳에 가겠지.

어디인들 여기보다 나을 것이다.

아이들에게 숲에 가서 놀다 오라 이를 것이다.

술에 취해 코를 골며 낮잠 자는 그의 턱과 숨통 사이에

미리 벼려둔 칼을 깊숙이 밀어 넣을 것이다.

끔찍한 소리와 광경을 피해 잠시 다락에 몸을 숨길 것이다.

경찰에 알린 뒤 세상을 떠날 것이다.

이제 네게 인사를 해야겠다.

나는 너를 사랑했다.

사는 게 고되더라도 힘을 내거라.

사람들에게 욕먹지 않도록 조심하면

큰 실수 없이 살 수 있다. 그만하면 충분하다.

나머지는 네 좋을 대로 하고 살아라.

상현이 잘 때 입을 벌리고 자더라.

좋은 기운 나가니 입을 다물게 해라.

찬물보다는 미지근한 물을 먹여라.

잠은 제시간에 재우고, 너도 그 시간에 자거라.

나는 태워서 숲에 뿌려라.

어차피 사라질 몸. 돈 쓸 것 없다.

내 죽은 날이 오거든

나를 잠깐 생각해 주면 된다.

엄마의 편지는 그것으로 끝이었다. 윤옥은 떨리는 손으로 나시 엄마와 수림상회와 기주에게 전화를 걸었으나 이번에도 연결이 되지 않았다.

관자놀이가 지끈거렸고 얼굴에서 땀이 흘렀다. 생각을 정리해야 했다. 편지에 적힌 엄마의 결심은 단단했다. 편지를 보낸 뒤 엄마는 행동을 결행했을 터였다. 중간에 그만두었을 수도 있으나 만약 결행을 포기했다면 윤옥에게 전화로 사정을 설명했을 것이었다. 소포를 뜯어보지 말라든가, 잘 있으니 걱정하지 말라는 기별을 했을 것이었다.

실패했을지도 모른다. 실패했다면 하성호가 엄마를 가만두지 않았을 것이다. 엄마가 정말 하성호를 죽였다면 경찰에서 먼저 윤옥에게 전화했을 터였다. 윤옥은 서귀포 경찰서의 전화번호를 누르다 말았다. 경찰서에 알리는 것이 현명한 행동인지 헷갈렸다. 어떤 상황인지 모르나 엄마를 곤경에 처하게 만들지도 몰랐다.

윤옥은 생각했다. 엄마가 정말로 살인을 저질렀다면, 정말 그랬다면 어찌해야 할까.

엄마의 상황을 아는 것이 먼저였다. 바로 출발하면 서너 시간 뒤에는 제주도에 갈 수 있을 것이다. 윤옥은 교실 벽에 붙은 시계를 확인했다. 열한 시였으니 서두른다면 저녁쯤에는 상황을 분명히 알 수 있을 것 같았다.

윤옥은 가방을 챙겼다. 제주도로 가야 했다. 서둘러야 했다.

– 20 –

　황망히 도착한 제주도는 날씨마저 음침했다. 저녁 어스름이 깔리는 때였다. 주변 풍경이 눈에 들어오지도 않았다. 비행기에서 내리자마자 렌터카를 빌렸다.

　주소지는 산자락 아래에 자리 잡은 작은 마을이었다. 하성호의 집은 같은 마을에 속한다고 하기 어려울 정도로 한참 동떨어진 곳에 있었다. 차로는 갈 수 없는 곳이었다. 윤옥은 차에서 내려 비탈진 길을 걸어 올라갔다.

　하성호의 집으로 올라가는 길은 완만하고 조용했다. 산책로 공사 중인지 길 양편에 자재들이 가지런히 쌓여 있었다. 사람은 없었다. 하성호의 집까지는 한참을 걸어야 했다. 윤옥은 경찰을 부를 것인지 말 것인지, 마지막으로 고민했다. 확인된 것은 아무것도 없었으나 불길한 기분은 제주도에 온 뒤로 더 또렷했다.

마음을 굳게 먹어야 했다.

윤옥은 산책로 공사 자재들이 있는 곳을 지나가다 멈춰 섰다. 하성호를 제압할 만한 무기가 필요하다는 생각이 들었다. 노인이라 해도 골격이 단단히 잡힌 남자였다. 윤옥으로서는 맨손으로 감당하기 어려울지도 몰랐다. 윤옥은 시멘트 포대 옆에서 녹슨 쇠말뚝을 주워 안주머니에 넣었다. 쇠의 무게에 코트가 한쪽으로 처졌다. 윤옥은 다시 걸음을 옮겼다. 걸어가면서 수없이 반복했던 생각을 다시 했다.

엄마는 하성호를 죽였을까.

엄마는 마음먹은 바를 결행했을 것이다. 문제는 성공했느냐 실패했느냐였다. 하성호가 엄마를 막아냈다면 엄마는 어떻게 됐을까, 윤옥은 생각했다.

상상할 수 있는 모든 것을 상상했다. 하성호 앞에 선 자신을 그려보았다. 지호를 죽였을지 모를 하성호였다. 엄마도 죽였을지 모를 하성호였다. 지호 같은 애들을 팔아 자기 배를 채운 하성호였다. 예상했던 것보다 더 강렬한 살의가 올라왔다. 베일 것처럼 날 선 감정이었고 위험한 의지였다. 최악으로만 치닫는 상상이 계속 이어졌다. 상상을 멈추고 싶지도 않았다. 윤옥은 잠시 멈추어 서서 품에 넣은 쇠말뚝을 꺼내 보았다. 끄트머리가 뭉툭한 쇠였다. 얼마만큼의 힘을 주면 피부를 뚫고 쇠의 끝으로 내장을 찌를 수 있을까 생각했다. 칼을 준비했어야 했나, 하는 생각에 이르자 소름이 돋으며 지금 내가 무엇을 하고 있는 건가, 하는 생각이 들었다.

윤옥은 멈추어 서서 숨을 깊이 들이쉬었다. 최소한 침착해야 했다. 윤옥은 좀 전의 생각을 덮기 위해 다시 생각했다. 삶이 항상 최악으로만 치닫는 것은 아니다. 엄마가 어디론가 떠나버렸을 수도 있다. 조금 뒤에 윤옥의 핸드폰이 울리고 수림상회에서 전화한 엄마의 목소리를 들을 수도 있는 노릇이었다. 미친 하성호가 윤옥을 알아보고 걸걸한 목소리로 "윤옥이 아니냐! 엄마 보러 왔느냐!" 하며 두 팔을 벌릴지도 몰랐다. 윤옥은 다시 걸음을 옮겼다. 저 멀리 다큐에서 보았던 하성호의 집이 보였다.

산 그림자가 드리운 집에는 불이 켜져 있었다. 가까이에서 본 하성호의 집은 화면으로 보았던 것보다 더 멀끔했다. 열을 맞춰 쌓여 있는 돌들이 밭의 경계 노릇을 하고 있었다. 수돗가는 깨끗했고 비누와 대야 세 개가 줄지어 놓여 있었다. 마당에는 비질 흔적이 뚜렷했다. 윤옥은 문 앞에 섰다. 집 안에서는 텔레비전 소리가 들렸다.

윤옥은 숨을 크게 들이쉬었다. 코트 안에 넣은 쇠말뚝을 감싸 쥔 채 문을 열었다.

밖에서 보았던 것보다 내부가 넓었다. 구겨진 운동화들이 가지런히 놓여 있었다. 현관은 흙 부스러기 하나 없이 깨끗했다. 좁은 복도 양쪽으로 방이 하나씩 있었고 바닥에는 모노륨 장판이 깔려 있었다. 집 안에서 된장찌개 냄새가 풍겼다. 윤옥은 어지럼증을 참으며 가만히 서 있었다. 엄마를 불러야 했는데 목이 콱 잠겨 말이 나오지 않았다. 인기척을 느꼈는지 머리칼을 짧게 깎은 중년의 남자가 복도를 기웃거렸다. 단풍색 체크무늬 남방을 입은 남자는 윤옥을 쳐다보다가 히죽, 웃었다.

그때, 엄마의 목소리가 들렸다.

"와서 상 좀 내가라."

윤옥에게 하는 말처럼 들렸다.

❦

윤옥은 엄마와 작은 밥상을 두고 마주 앉았다. 엄마는 국을 뜨다 말고 옆 밥상에 앉아 있는 세 명의 남자들에게 말했다.

"천천히들 먹어. 반찬 골고루 먹고."

남자들은 엄마를 보고 웃었다. 세 명 모두 머리칼과 차림새가 단정했다. 그릇이나 장롱, 책장은 어디에서 주워 온 것 같았으나 텔레비전만큼은 아니었다. 텔레비전은 좁은 거실과 어울리지 않을 만큼 컸고 집 안의 기물 중 가장 값나가 보였다. 벼르고 별러 장만한 단 하나의 사치품 같았다. 남자들은 텔레비전 예능 프로그램을 보면서 밥을 먹었는데 웃음 터지는 포인트가 셋 다 제각각이었다.

엄마는 한숨을 쉬며 말을 이었다.

"개를 키우잔다. 쟤들이."

"엄마."

엄마는 붕대 감은 손으로 젓가락을 세워 김치를 집었다.

"지금 할 얘기가 아냐. 쟤들이 모르는 것 같아도 다 들어. 쟤들 마음도 지금 온전치가 않다. 험한 일을 겪어버려서."

엄마는 김치를 씹으며 낮은 소리로 말을 이었다.

"상현이는 잘 지내니?"

그렇다고 대답하자 엄마는 천천히 고개를 끄덕였다.

"어쨌든 네 아이다."

그뿐이었다. 윤옥은 엄마의 얼굴을 쳐다보았다. 볼 한쪽의 부기가 가라앉지 않아 얼굴은 균형이 맞지 않았다. 탱탱하게 느껴질 만큼 부풀어 오른 윗입술에도 보랏빛 멍 자국이 선명했다. 윤옥은 엄마의 목 양쪽에 대칭으로 비스듬히 올라간 섬뜩한 멍 자국을 보고 말았다.

"편지 봤어요. 다큐도 봤고요."

엄마는 기억을 더듬는 듯 눈을 두어 번 깜박이다가, "아, 편지. 네게 보냈었지" 하고 낮게 중얼거렸다.

엄마는 윤옥의 눈길을 피하며 말을 이었다.

"먹어라. 식겠어."

"하성호는요?"

"미역국이다. 오늘이 지호 생일이라."

"네?"

지호는 12월에 태어났다. 지금은 2월이었다. 엄마는 얼굴을 보지 않고도 윤옥의 반응을 감지한 것 같았다. 윤옥이 집에 들어온 뒤로 정정하기만 했던 표정이 흔들렸다. 자신이 실수했다는 사실을 알아차린 것 같았다. 엄마는 한숨을 조금 내쉬고는 젓가락으로 남자들 쪽을 가리키며 낮은 소리로 말했다.

"그때 지호 말고. 저기."

엄마의 말은 삐걱거렸다. 엄마가 정말로 온전한 것인지 의심스러웠다. 윤옥은 엄마의 떨리는 왼손을 바라보았다. 윤옥의 시선을 알아차렸는지 엄마는 왼손을 교자상 아래로 내렸다. 윤옥은 집 안 어딘가에 하성호가 있는 것은 아닌가 싶어 고개를 빼고 주위를 둘러보았다. 집 안 어디에도 위협의 징후는 없었다. 세 남자는 편안해 보였고 엄마 역시 두려워하거나 걱정하는 기색은 아니었다. 모든 일이 다 끝난 뒤에야 찾아오는 후련함 같은 것이 흐르는 분위기였다. 밥을 먹던 남자들 중 하나가 말했다.

"우리 밥 다 먹었다, 엄마."

엄마는 심드렁한 투로 말했다.

"먹었으면 나가 놀아. 멀리 가면 안 돼."

윤옥은 남자들을 쳐다보았다. 엄마라고 부르는 말이 하나도 어색하지 않았다. 진짜 엄마를 부르는 목소리였다. 남자 셋은 밥 상을 들고 주방으로 갔다. 싱크대에 그릇을 올리고 나란히 서서 설거지를 했다. 한 명이 상에서 그릇을 집어 건네주면 다른 한 명이 수세미질을 했다. 나머지 한 명은 흐르는 물에 그릇을 헹구 어 싱크대 한쪽에 쌓아두었다. 셋의 키는 저마다 달랐으나 깡마 른 몸피와 부자연스러운 행동거지는 비슷했다. 셋 중 누가 엄마 의 지호일까 생각했다. 남자들이 나가야 엄마로부터 제대로 된 대답을 들을 수 있을 것 같았다. 윤옥은 스테인리스 공기에 담긴 밥을 조금 떠서 입 안에 넣었다.

맛있었다.

밥맛이 좋을 수 없는 상황인데도 맛이 있었다. 윤옥은 그제야 엄마가 차린 밥상에 눈을 주었다. 미역국과 달걀부침, 무말랭이 와 시래기나물과 김치가 올라온 저녁상이었다. 평범한 상차림이 었으나 빛깔과 냄새가 남달랐다. 귀퉁이가 떨어져 나간 교자상이었어도 행주 얼룩 하나 없이 깨끗했다. 반찬 접시 가장자리가 양념 자국 없이 말끔했다. 윤옥은 미역국을 뜨고 절인 반찬들을 하나씩 맛보았다. 절묘하게 짠맛을 맞춘 반찬들이었다. 무말랭이를 집어 입 안에 넣자 혀뿌리에 침이 고였다. 무말랭이가 어금니에서 갈라지는 소리도 경쾌했다. 된장과 마늘로 버무린 시래기의 향에 식욕이 끓듯이 올라왔다. 생각해 보니 종일 빈속이었다. 온몸의 감각이 먹을 것을 향해 아우성쳤다.

윤옥과 엄마는 남자들의 설거지가 끝나기까지 숟가락만 놀렸다. 반나절 내내 목을 조였던 공포와 걱정으로부터 놓여나는 것 같았다. 명절에 엄마 집에 쉬러 온 것 같은 기분마저 들었다. 오전에 읽었던 유서 같은 편지는 원래 없었던 듯싶었다. 처음부터 여기가 엄마의 집인 것 같았고 설거지를 하는 세 남자 중에 정말 지호가 있을 것 같았다.

세 남자가 설거지를 마치고 밖으로 나갔다. 엄마는 입 안에 남은 음식을 씹다가 숟가락을 내려놓았다.

"관에서 이 집 앞으로 산책로를 낸단다."

윤옥은 엄마를 바라보았다.

"이 집을 사려고 해. 정확히는 땅만. 알아보니까 이게 다 무허가 건물이더라."

윤옥은 부어오른 엄마의 입술을 바라보았다. 오싹한 기운에 머리털이 곤두섰다. 엄마에게는 하성호를 살해할 동기와 의지가 충분했다.

"박경수는 주민등록번호도 없는 사람이었다. 서류상으로는 있지도 않은 사람이었던 거야. 아니, 하성호가. 하성호가 그렇더라는 말이다."

정신을 모으려는 것인지 엄마는 눈에 힘을 주어 감았다 떴다.

"모아둔 돈이 있다. 인천 집 정리하면 이 정도는 살 수 있어. 하성호가 죽었으니까. 이 애들은 갈 데가 없어."

윤옥은 낮은 소리로 말했다.

"하성호가, 죽었군요."

엄마의 시선이 바닥으로 떨어졌다. 엄마의 입에서 무슨 말이 나올지 두려웠다. 엄마는 입술을 거의 움직이지 않고 말했다.

"죽이려고 했지. 내가. 여기에서."

"하성호는 죽었어요?"

엄마는 손가락으로 거실 창문 밖을 가리켰다. 가리키는 곳은 산 중턱 어디쯤인 듯했다. 엄마가 말했다.

"저기에 묻었으니까."

윤옥은 엄마의 상처를 하나하나 살폈다. 하성호가 낸 상처들일 것이었다. 엄마를 제압한 하성호를, 욕설을 퍼부으며 바닥에 깔린 엄마에게 주먹을 내지르는 하성호를, 엄마의 목을 조르는 하성호를, 윤옥은 상상했다. 엄마는 하성호의 목숨을 끊지 못했다. 바닥에 깔려 구타를 당하고 목까지 움켜잡힌 엄마가 하성호를 죽이지는 못했을 것 같았다.

윤옥은 참지 못하고 물었다.

"누가 죽였어요?"

엄마는 윤옥의 질문에 대답하지 않았다. 평생 말하지 않겠다는 것처럼 엄마는 입술을 일자로 다문 채 윤옥을 가만히 바라보았다. 이유가 있는 침묵이었다. 윤옥은 시선을 창밖으로 돌렸다. 붉은 십자가 면티를 입은 세 남자가 하성호에게 다가가는 모습을 상상했다. 하성호를 끝낸 것은 그들인 것 같았다. 하성호를 무서워하면서도 엄마를 지키고 싶은 마음에 용기를 내어 달려들었을지도 몰랐다. 하나하나 따져 물을 수 있는 일이 아니었다. 엄마는 무너지지 않기 위해 가까스로 견디고 있을 터였다. 거실 창문 밖으로 텃밭을 어슬렁거리는 세 남자의 모습이 보였다. 엄마는 그윽한 얼굴로 그들을 바라보았다.

엄마는 달라진 목소리로 말했다.

"이쪽으로 길이 나면 사람도 제법 오갈 거야. 윤옥아, 이쪽 한라산 경치가 제법 괜찮아."

윤옥은 엄마의 눈을 바라보았다. 마주한 엄마의 눈은 한껏 열려 있었다.

"여기에 가게를 내련다."

"네."

윤옥은 두어 번 고개를 크게 끄덕였다. 엄마의 목소리에는 신들린 사람에게서나 느낄 법한 기묘한 기운이 섞여 있었다.

"여기에서 과자도 팔고, 커피도 팔고, 컵라면도 팔고. 가게 이름은 수림상회로 하자."

윤옥의 턱과 입술이 경련을 일으킨 것처럼 떨렸다.

"저기 저쯤에 책장이랑 재봉틀이랑 가져다 놓고 말이다. 집 뒤에는 유채꽃을 키울까 보다."

윤옥은 다시 고개를 크게 끄덕였다. 소리 내어 대답하려고 했으나 목구멍이 좁아져 말이 나오지 않았다. 엄마는 잔잔하나마 기쁜 낯이었다. 윤옥으로서는 좀처럼 보지 못했던 엄마의 얼굴이었다. 불현듯 아버지와 함께 살았을 때의 엄마가 생각났다. 엄마의 검고 탄력 있는 머리칼을, 넷이 함께했던 저녁 식탁의 냄새를 떠올렸다. 아아, 하며 웅얼거리던 지호의 목소리가 옆에서 들리는 것 같았다.

심장이 쿵쾅거렸다. 윤옥은 몸이 후끈 달아오르는 것을 느꼈다. 느닷없이, 그야말로 밑도 끝도 없이 '용서할 수 있다'는 문장과 '용서받고 싶다'는 문장이 떠올랐다. 영적인 체험을 하는 것처럼 단전으로부터 떨리는 기운이 올라와 가슴에 머물렀다. 눈가

근육이 뭉치면서 눈물이 났고 턱이 떨렸으나 엄마는 윤옥과 달랐다. 엄마의 몸가짐은 가지런했다. 표정도 평온했다. 엄마의 영혼이 생의 의지와 죄의식과 성화를 꼭짓점으로 둔 삼각 공간 어딘가를 더듬고 있을 것 같았다.

재촉하듯이 엄마가 말했다.

"그렇지? 윤옥아, 그렇지?"

일그러진 얼굴을 보일 것 같아서 윤옥은 손으로 광대뼈와 볼을 눌렀다. 윤옥은 떨리는 목소리로 말했다.

"네. 네, 엄마. 맞아요. 그래요. 정말 좋을 거예요."

엄마는 잔잔한 미소를 지으며 창문 밖을 쳐다보았다. 윤옥은 침을 삼키고 손바닥으로 눈가에 맺힌 눈물을 닦아냈다.

"좋을 거야. 괜찮을 거야."

엄마의 말이 윤옥의 시선이 닿는 곳에 떨어졌다.

"지호가 여기 있으니까."

날을 세우지 않고는 지킬 수 없는 세계였다.

윤옥은 교감이 기다리고 있을 전산실로 향했다. 재킷 주머니
에서 핸드폰이 진동했다. 상현의 문자 메시지였다. 윤옥은 걸음
을 멈추고 핸드폰을 확인했다.

– 죄송해요. 떨어졌어요.

윤옥은 답장을 보냈다.

– 괜찮다. 네게 시간은 많아. 넌 결국 해낼 거다.

메시지를 보낸 뒤 윤옥은 잠시 복도 창밖을 쳐다보며 마음을
가다듬었다. 해가 구름에 가려 온 세상이 우중충했다. 실망했을
상현의 마음이 느껴지는 것 같아 가슴이 아팠다. 상현이 보낸 문

자 메시지를 다시 보는데 핸드폰에서 〈속보〉 알림창이 떴다. 김정훈 교육감이 구속되었다는 소식이었다. 증거인멸 우려가 있다고 했다. 윤옥은 정훈의 구속 소식과 관련된 기사를 일별하고는 핸드폰을 꺼버렸다.

윤옥은 문을 열고 전산실로 들어갔다. 소파에 앉아 있는 교감이 웃는 얼굴로 윤옥을 맞았다. 교감이 말했다.

"마음은 정하셨습니까?"

뒤로 물러설 곳은 없었다. 협상으로 옥신각신할 생각도 없었다. 윤옥은 교감의 눈에 시선을 맞추고 말했다.

"2학년 문과반을 내게 줘요. 시영이가 배정된 그 반요."

"네?"

"나는 그 반을 원해요."

"무슨 말씀이십니까? 정윤옥 선생님, 인사권은 교장 선생님께 있는 거예요."

"인사 내규로 보면 나는 자격이 있어요. 시영이가 있는 반을 원한다는 게 좀 특이하긴 하지만 2학년부 선생님들과 얘기하면서 조정하면 돼요. 이건 관리자들과 나의 관계 문제예요. 신뢰 문제라고도 할 수 있겠죠. 나와 싸우고 싶으신가요? 교감 선생님, 나는 그 반을 원해요. 나는 그 반 애들을 잘 가르칠 수 있어요."

교감은 소파에서 일어나 허리춤에 양손을 갖다 댔다. 윤옥은 틈을 주지 않고 말을 이었다.

"교감이라는 사람이 선생 편을 들어야지, 학부모 편을 들어서야 쓰겠어요? 교장 선생님도 마찬가지예요. 내가 잘못한 게 뭐가 있나요? 한번 말해보세요. 교육과정을 재구성해서 가르친 게 뭐가 문제인가요? 현실에 맞지 않는다고요? 됐습니다. 그런 말들은 지겹도록 들었어요. 성취 기준에 빠짐없이 도달시켰으니 내 수업에는 문제가 없어요."

"이것 보세요. 정 선생님!"

"들어요! 나는 그 반을 원해요. 내 수업이에요. 아니, 닥치고 내 말을 잘 들어요."

"뭐, 뭐요?"

"나에게 그 반을 주지 않는다면 단단히 각오하는 게 좋을 거예요. 교장 선생님도 상상하지 못한 방법으로 꼬장을 부려줄 테니까."

교감이 어이없다는 듯 웃었다. 윤옥은 교감에게 천천히 다가갔다. 교감은 움찔거리며 뒤로 물러났다.

내가 지켜야 할 세계란 말입니다.

윤옥은 그렇게 말하려다 입을 닫았다. 마음속에 담아두어도 충분한 말이었다. 윤옥은 교감의 눈을 들여다보았다. 교감은 고개를 뒤로 빼고 질린다는 표정으로 윤옥을 마주 보고 있었다. 이제 교장이 자신을 부를 것이었다. 교무부장이나 2학년 부장이 찾아와 자신을 설득하는 순서를 거칠 터였다. 교무실에 돌아가 그들과 이야기할 준비를 해야 했다. 2학년부로 갈 것으로 예상되는 몇몇 사람들은 미리 따로 만나 자기편으로 만들어두는 게 현명했다.

윤옥은 교감의 손을 잡고 손등을 두드렸다.

"잘해봅시다. 너무 걱정하지 말아요. 우리는 선생 아닙니까."

윤옥은 문을 닫고 전산실을 나왔다. 천천히 숨을 몰아쉬면서 눈앞의 복도를 바라보았다. 그새 해가 비쳐 들어 복도가 밝았다. 잠시 서서 먼 곳을 응시하던 윤옥은 입꼬리를 올리며 조금 웃었고 천천히 발걸음을 떼었다.

2학년 문과반에 골치 아픈 애들이 몰렸다는 말은 사실이었다. 윤옥의 학급은 욕설 섞인 대화가 일상이었고 몸싸움이 자주 일어났으며 도난 사건도 빈번했다. 공부를 포기한 학생들이 분위기를 주도하는 교실이었다. 교사들은 윤옥의 교실에 들어가야 하는 시간이면 낯빛부터 달라졌다. 출석부는 잦은 지각, 조퇴로

지저분했고 3월 중순밖에 되지 않았는데도 말없이 학교에 나오지 않는 학생들이 늘어갔다. 윤옥의 학급 출석 현황은 따로 통계를 내지 않더라도 전교 최하위가 분명했다. 4월 중순에 실시될 예정인 2박 3일 수련 활동에 참여하겠다고 응답한 학생 수도 스물세 명 중 열한 명으로 2학년 반 중에서 가장 적었다. 윤옥의 학생들은 자조 섞인 목소리로 자기들은 최악이라고 했다. 올해는 공부고 뭐고 다 망했다며 죽지 않고 살아서 3학년에 올라갈 수 있으면 다행이라고 말하고 다녔다.

돌파구가 필요한 상황이었다.

윤옥은 교실에 자기 책상을 두었다. 출근을 교실로 했다. 수업을 마친 뒤에도 윤옥은 쉬는 시간을 교실에서 보냈다. 불편해하던 학생들이 있기는 했으나 시간이 지나자 대부분 그러려니 했다. 몇몇 학생들은 은근히 좋아하고 안심하는 것 같았다. 윤옥은 쉬는 시간과 점심시간에 자기 책상에 앉아서 학생들을 바라보았다. 스물세 명 학생들의 낯빛과 옷차림과 행동거지, 쓰는 말씨 같은 것들을 관찰한 대로 기록했다. 학생들끼리 시비가 붙으면 멀찍이서 지켜본 뒤에 다가가 무슨 일이냐고 물었다. 욕설이 들려오면 학급 규정에 따라 벌점을 주었다. 칭찬할 게 생기면 종례 시간에 학생들에게 작은 초코바를 하나씩 건네주었다. 처음에는 초코바 따위, 하며 우습게 여기던 학생들도 윤옥이 자기들

입맛에 맞는 간식거리를 가져오자 애들처럼 좋아했다.

윤옥은 짬이 날 때마다 시영을 가까이에 두고 챙겼다. 시영이 학교에서 의미 있는 시간을 보냈으면 했다. 시영의 어머니와 윤옥, 특수교사가 마주한 개별화 협의 때 윤옥은 시영을 따로 볼 수 있는 시간을 마련해 달라고 했다. 일주일에 두 번 있는 둘의 시간에 윤옥은 시영을 도서관에 데려가서 책을 골랐다. 시영은 주로 사진이 많이 들어 있는 여행 관련 책을 선호했다. 윤옥과 시영은 보완 대체 의사소통 앱이 깔린 태블릿 PC로 이야기를 주고받으며 사진과 글을 함께 보았다. 점심시간이면 윤옥은 식판을 들고 시영과 특수교육 실무사가 식사하는 시영의 식탁으로 갔다. 식사를 마친 뒤 시영을 가벼운 휠체어에 옮겨 태우고 복도와 학교 산책로를 돌아다니기도 했다.

윤옥은 수업에 최선을 다했다. 언어학과 문학의 깊이를 담은 수업을 하면서도 시험에서 좋은 성적을 거둘 수 있게 하려고 노력했다. 커튼 가게에서 샘플북을 빌려 와서 교실에 가져다 두고 학생들에게 커튼을 고르게 했다. 학생들이 고른 진보라색 꽃무늬 커튼을 자기 돈으로 사서 바꾸어 달았다. 교실 창틀이 가득 찰 때까지 이틀에 한 번꼴로 작은 화분을 사 왔다. 원목 책꽂이를 사서 교실 벽에 붙여 세워두고 보드게임과 만화책 같은 것들을 차곡차곡 채웠다. 빗자루와 쓰레받기를 곁에 두고 틈날 때마다 청소를 하고 학생들의 책상 줄을 맞췄다. 청소에 재미를 붙인 윤옥은 아예 무선 진공청소기를 사서 교실 벽에 걸어두고 쓰레기나 먼지가 보이는 족족 빨아들였다. "선생님! 여기 쓰레기요!" 하고 바닥을 가리키는 학생들도 있었는데, 그런 학생들에게는 무례한 태도를 지적하며 학급 규정에 따라 벌점을 매겼다.

여러 학생들이 윤옥에게 마음을 열었다. 출석부가 깨끗해졌고 수업 분위기도 밝아졌다. 교실에서 욕을 쓰는 학생들이 없었다. 예상했던 것보다 이른 반응이어서 윤옥은 내심 좋았다. 쉬는 시간에 윤옥에게 말을 걸어오는 학생들도 있었다. 윤옥은 그 학생들의 이야기에 귀를 기울였고 맞장구를 쳐주었다. 칭찬을 자주 하려 노력했다. 윤옥은 정확한 문장으로 학생들에게 나지막이 말하곤 했다. 수업 시간에 질문을 했다고 들었다. 잘했다. 오늘은 낯빛이 좋구나. 다행이다. 친절하게 말해주어서 선생님 마음이 좋았다. 착하구나. 아까 기분 나쁠 법한 상황이었는데 친구에게 화를 내지 않았지. 대단하다고 느꼈다. 이런 말들이었다.

지각한 재성에게 이제는 지각하지 말라고 말한 것을 두고 말썽이 생기기도 했다. 평소 윤옥이 자신의 아들을 특히 싫어한다고 생각했던 재성의 부모는 '모든 학생 앞에서 지각 운운한 것으로 내 아이에게 모욕감을 주었다'라는 이유로 교장실에 찾아갔다. 재성의 부모는 악성 민원으로 유명한 부모였다. 재성의 부모는 윤옥을 아동학대로 신고하고 민사 소송도 진행하겠다며 으름장을 놓았다. 담임 자리를 내려놓으면 고소하지 않겠다고 했지만 윤옥은 재판을 받겠다는 식으로 응했다. 교장과 교감이 중재에 나서서 시간을 끌었고 한 달가량 지나자 신고도 고소도 흐지부지되었다. 상황이 진정된 뒤 윤옥은 교장과 교감에게 찾아가 감사하다고 인사했다. 교장과 교감은 수고가 많다고, 고맙다고, 예전에는 미안했다고 답했다.

윤옥을 유난스레 싫어했던 리라는 자신의 수행평가 점수가 낮은 이유를 받아들일 수 없다며 윤옥에게 큰 소리로 항의했다. 수업 시간에 벌어진 일이었다. 교실이 일순간 적막해졌고 모든 학생의 시선이 윤옥과 리라에게 쏠렸다. 그때만큼은 윤옥도 마음이 흔들렸다. 작년 학기 말 성적 처리 기간에 있었던 일이 떠올랐기 때문이었다. 작년 학기 말에 리라는 윤옥의 교무실 책상 위에 USB를 올려놓으며 공손한 말투로 말했다.

"이렇게 올려주시면 안 될까요?"

리라가 가져온 건 국어 과목의 '세부능력 및 특기 사항' 기재 내용이었다. 교사가 적어 넣어야 할 학생 평가 문구를 입시컨설팅 업체에서 만들어 가져온 것이었다. 윤옥은 "그럴 수는 없단다" 하고 말하며 USB를 되돌려 주었다. 그 과정에서 수치심을 느꼈는지 리라는 며칠 동안 학교에 나오지 않았다.

윤옥은 자리에서 일어난 리라에게 평정 이유를 설명했다. 리라는 "납득이 안 가는데요? 제가 뭘 그렇게 못했는데요?" 하고 대꾸했다. 윤옥은 같은 설명을 반복했다. 리라가 받아들일 수 없다며 치받듯이 다시 묻자 이번에는 윤옥도 리라의 눈을 똑바로 쳐다보며 단조로운 어조로 되풀이해서 설명했다. 리라는 씨근거리다가 책상을 거칠게 밀고 교실 뒷문으로 나갔다. 윤옥은 수업 방해 명목으로 벌점을 매겼다. 교권 침해 문제까지 거론할까 잠시 고민했으나 벌점만으로 끝내기로 했다. 학생들이 표정과 분위기로 윤옥을 편들고 있었기에 기분이 그럭저럭 괜찮았다. 할 일도 많은데 여러모로 귀찮기도 했고.

학생들은 윤옥을 '최강윤옥'이라는 별명으로 불렀다.

윤옥은 자기 수업을 다른 교사들에게 공개했다. 자기가 보기에도 흡족한 수업 기획이 나오면 수업 며칠 전에 동료들에게 수업안을 돌리기도 했다. 학교 내 수업 연구 모임에서 윤옥의 수업을 참관했다. 몇몇 후배들이 윤옥을 찾아와 수업에서 좋았던 점과 궁금했던 점을 이야기했다. 윤옥은 자신의 수업 의도와 고민을 이야기해 주었다. 손목에 작은 나비 문신을 한 남자 교사가 얼굴 가득 웃음을 띠며 말했다.

"다른 무엇보다도 저는 선생님의 발문이 너무 좋았어요. 뭔가를 팍 쑤시는 것 같았고요."

다른 교사들도 맞장구쳤다. 학생들의 표정이 좋았다고 한 교사도 있었고 자기가 학생처럼 수업에 빠져드는 것 같았다고 말하는 교사도 있었다. 그들의 이야기를 듣는데 가슴속에서 조용히 반짝이는 감정이 차올랐다. 윤옥은 후배들을 향해 가볍게 고개를 숙이며 말했다.

"고마워요."

– 22 –

1년이 지나 종업식 날이 되었다. 윤옥은 평소에는 잘 입지 않던 베이지색 투피스 정장을 입고 경건한 마음으로 출근했다. 윤옥은 칠판 앞에 서서 1년간 함께한 학생들을 바라보았다. 리라는 1학기를 넘기지 못하고 자퇴를 선택했고 재성은 근처 자립형 사립고에 자리가 생겨 전학을 갔다. 곧 시작될 봄방학과 고등학교 3학년이 된다는 부담감 때문에 교실은 어수선했다. 목소리가 교실 뒤까지 전달되지 않아서 윤옥은 평소보다 더 큰 소리로 말해야 했다.

윤옥은 교탁 앞에서 몸을 바로 세웠다. 손을 공손히 앞으로 모으고 "이제 마지막이구나" 하고 말했다. 몇몇 학생들이 "야, 조용히 좀 해" 하고 분위기를 다독였다. 윤옥은 그렇게 말해준 학생들에게 눈을 맞추고 고맙다는 눈빛을 보냈다. 윤옥은 말했다.

"그동안 애썼다. 훌륭했다고 생각한다. 미안할 일은 별로 없었고 고마운 순간들은 많았다."

웃어주는 학생들이 있어서 윤옥도 슬쩍 웃었다. 윤옥은 길게 말하지 않았다. 간단한 축복의 말과 격려의 말로 마지막 종례를 마쳤다. 그리고 선생님에게 한마디씩 듣고 싶은 사람은 교실에 남으라고 했다.

모든 학생이 남았다. 윤옥은 준비해 온 책 더미를 자신의 책상 위에 올렸다. 학생들의 얼굴을 떠올리며 한 권 한 권 미리 골라둔 책들이었다. 학생들은 번호 순서대로 나와 윤옥의 책상 옆에 섰다. 윤옥은 속지에 적어둔 학생의 이름을 확인한 뒤 몇 마디 말을 건네고 악수를 청했다. 웃으며 헤어지는 학생도 있었고 우는 얼굴로 교실 문밖을 나서는 학생들도 있었다. 마지막으로 남은 것은 시영과 시영의 엄마였고 세 사람은 조금 더 오랜 시간 이야기를 나누었다. 시영의 엄마는 윤옥 앞에서 어깨를 들썩이며 울었다. 윤옥은 그녀에게 지호를 잃어버린 자신의 이야기를 들려주었다. 시영을 지킬 수 있어서 다행이기도 하다고, 얼마나 힘들고 막막한지 안다고, 정말 대단하고 특별한 삶을 살고 있는 거라고 말했다.

그들마저 보내고 나자 교실에는 윤옥 혼자였다. 윤옥은 몸을 재게 놀렸다. 책상 줄을 맞추고 의자를 집어넣고 바닥에 떨어진 쓰레기를 주웠다. 흐트러진 책장의 책들과 보드게임들을 정리하고 걸레를 빨아 와 학생들의 책상을 하나하나 정성 들여 닦았다.

모든 것을 정리한 뒤 윤옥은 교탁에 두 팔을 짚고 교실을 바라보았다. 1년간 윤옥의 공간이었던 곳이었다. 윤옥이 최선을 다한 곳이기도 했다. 잘못하거나 부족한 게 무엇이었나 생각했고 후회되는 것보다 잘한 게 더 많다는 결론을 내렸다. 이만하면 만족스러운 결말이라고 생각했다. 윤옥은 책상을 하나하나 바라보며 자신과 함께 1년을 살았던 아이들의 얼굴을 떠올렸다. 그들의 삶을 축복하는 마음을 담아 작은 소리로 이름을 불렀다. 윤옥은 교실의 불을 끄고 문을 닫고 나와 아무도 없는 복도를 걸었다.

하늘에서 눈이 내렸다. 사방에서 소복소복 소리가 들리는 듯했다. 윤옥은 집으로 돌아왔다. 현관 앞에 일회용 반찬통이 놓여 있었다. 수연이 다녀간 거였다. 윤옥은 반찬통을 들고 아무도 없는 집 안으로 들어섰다. 신발을 벗으려다 말고 현관문에 등을 기댄 채 잠시 서 있었다. 절벽처럼 밀려드는 격심한 허탈감에 정신이 아찔했다.

예상했던 감정이었다. 내년에도 시영을 맡고 싶었으나 교장과 교감이 대학 입시를 앞둔 고등학교 3학년 학급을 자신에게 맡길 것 같지 않았다. 안타까웠고 가슴이 아렸지만 그건 어쩔 수가 없었다.

윤옥은 홀로 저녁을 보냈다. 상현은 고시원에 들어갔다. 상현은 올해도 1차 임용시험에 합격했다. 2차 시험이 나흘 뒤였다. 이번에는 합격했으면 했지만 어떤 결과가 나올지는 알 수 없었다. 그래도 어쩐지 느낌이 좋았다. 이제는 모든 게 잘될 것 같았다.

이른 시간에 잠자리에 들었으나 잠이 오지 않았다. 오랫동안 살아온 집인데도 천장이 낯설었다. 이유를 알 수 없는 안타까움을 살아 있다는 느낌으로 받아들이고 싶었다. 윤옥은 아무 생각도 하지 않으려 노력했다. 일렁이려는 감정을 가만히 다독이며 잠을 청했다.

윤옥은 꿈을 꾸었다.

"저요."

윤옥은 뒤를 돌아보았다. 결혼식장 화장실에서 청바지를 입은 상현이 배를 쑥 내밀고 뒤뚱거리며 윤옥 쪽으로 걸어왔다. 상현은 콧물을 훌쩍이며 손으로 청바지를 추켜올렸다. 윤옥이 쪼그려 앉으며 말했다.

"다 쌌어?"

상현은 고개를 주억거리며 얼굴을 찡그렸다.

"청바지 단추가 잘 안 잠겨요."

윤옥은 상현의 허리춤을 당겨보았다. 껴입은 내복 때문에 허리둘레가 맞지 않았다. 윤옥은 바지의 고무줄 단추를 풀어 허리둘레를 늘리며 말했다.

"해봐."

"해줘."

"해주세요, 라고 말해야지."

"해주세요."

"혼자 해볼까?"

상현이 일곱 살 때 일이었다. 둘이 함께 대학 후배의 결혼식장에 갔을 때의 기억이다. IMF로 많은 사람들이 힘겨운 삶을 살아가던 시절이었다. 윤옥은 그곳에서 유학을 마치고 돌아온 정훈을 보았다. 유학을 다녀온 정훈의 행보는 윤옥에게 말했던 것과는 사뭇 달랐다. 대학에서 전임강사 자리를 따냈고 신문과 언론에 자유교육 연합간사라는 직함으로 교육 관련 칼럼이나 논설을 실었다. 21세기의 교육, 신자유주의 교육 패러다임 같은 제목의 글이었다. 정훈은 중고교 교육을 억누르는 평준화 시스템을 완전히 해체하고 수월성, 다양성을 추구해야 한다고 했다. 인재대국을 이루기 위해 영재교육을 강화하고 교육시장을 개방해야 한다고 주장했다. 대학에 자유로운 학생 선발권을 주어야 하며 본고사 또한 부활시켜야 한다고 했다.

대학이 기부금을 받고 학생을 입학시키는 것을 허용해야 한다는 정훈의 글을 읽으며 윤옥은 속에서 치밀어 오르는 화에 어쩔 줄 몰랐다. 정훈은 경제발전을 위해 바람직한 대학 서열화를 서둘러야 한다고 주장하는 사람이 되어 있었다. '프레이리의 실패'라는 제목의 신문 칼럼도 있었는데 윤옥은 제목만 읽고 눈을 감아버렸다. 변명과 위선이 가득한 글일 게 뻔했다. 정훈은 자신의 과거를 부정하는 방식으로 앞날을 꾸려가고 있었다.

기억인지 꿈인지 모를 회상이 이어졌다. 윤옥은 혼자 단추를 채우는 데 성공한 상현의 머리를 쓰다듬었다. 상현은 이를 드러내며 히죽거렸다. 윤옥은 어깨에 멘 가방에서 핸드크림을 꺼냈다. 상현은 입을 비죽거리며 말했다.

"사과 향은 싫은데요."

윤옥은 말했다.

"사과 향이 어때서? 난 이 향이 제일 좋더라."

상현은 코를 킁킁거리며 말했다.

"그런가?"

윤옥은 상현의 손에 핸드크림을 발라주었다.

윤옥은 결혼식장에서 나와 상현의 손을 잡고 버스에 탔다. 상현은 김이 짙게 서린 버스 차창에 곰과 토끼를 그렸다. 윤옥은 주먹 쥔 손의 옆 날을 차창에 찍고 검지로 점 다섯 개를 찍어주었다. 상현은 신기하다는 얼굴로 "와! 발이야, 발!" 하고 큰 목소리로 말했다. 앞자리에 앉은 할머니가 뒤돌아 상현을 바라보더니 온 얼굴에 웃음 주름을 잡으며 말했다.

"엄마랑 아들이 딱이네 딱이야."

상현과 윤옥은 동시에 고개를 숙이며 "죄송합니다" 하고 말했다.

눈이 내려 집으로 가는 길이 미끄러웠다. 길거리를 지나는 사람들은 주머니에 손을 넣고 종종거렸다. 상현은 반질반질하게 다져진 눈길에서 미끄럼을 타며 기분 좋다고 우아우아 소리를 질렀다. 걸으면서 간판을 하나하나 올려다보고는 간판에 적힌 글자를 높낮이와 리듬을 주어 소리 내어 읽었다. 풍년슈퍼마켓. 엄마손김밥. 한마음치과. 오즈분식. 서울글로리아안경점.

"글로리아가 뭐예요?"

"영광이라는 뜻이 있는 말인데 그걸로 안경점 이름을 지은 거야."

상현은 윤옥을 올려다보며 다시 물었다.

"영광이 뭔데?"

윤옥은 영광이라는 건, 하고 말을 시작한 뒤 잠시 생각했다.

"환하고 아름다운 거. 칭찬받는 거. 사람들이 가슴 뭉클해하는 거?"

"영광이 가슴 뭉클해요?"

무슨 말인지 모르겠다는 표정이었다. 성스럽고 고결한 것이라는 말도 떠올랐지만 상현에게 뭐라고 설명해야 할지 얼른 떠오르지 않았다.

"잘 보이는 안경이라는 거구나요? 맞죠?"

윤옥이 말이 없자 상현은 제 식대로 이해해 버리고는 타닥타닥 가볍게 뛰었다. 윤옥은 상현의 뒤를 바짝 쫓았다. 쓸쓸했다. 결혼식장에 다녀왔기 때문인지, 멀리서였지만 정훈을 보았기 때문인지 오늘따라 마음이 어지러웠다. 정훈을 보았을 때, 윤옥은 자기도 모르게 상현을 자신의 뒤로 감췄다.

두 사람은 좁은 골목을 몇 번 돌아 다세대 주택 3층으로 들어갔다. 집 안에 고여 있던 온기가 얼굴과 손등에 닿았다. 늦은 오후였으나 볕이 들지 않아 집 안은 어두컴컴했다. 형광등을 켜고 거실에 펼쳐둔 그림책을 주워 책꽂이에 꽂았다. 상현은 춥다며 안방에 깔아놓은 이불로 들어갔다.

윤옥이 말했다.

"손 닦고. 옷 갈아입고."

상현은 안방에서 "잠깐만요!" 하고 소리쳤다. 윤옥은 슬쩍 웃었다. 유난히 추위를 많이 타는 아이였다. 처음 손을 잡았던 날에도 상현은 추위에 바짝 얼어 있었다. 장갑을 끼지 않은 작은 손은 푸른 기운이 돌 정도로 질려 있었고 방금 썰어낸 나뭇결처럼 거칠었다.

윤옥은 손바닥으로 방바닥을 쓸어 먼지를 모으고 건조대에서 바싹 마른 빨래를 걷었다. 안방에서 아무런 기척이 없기에 조심스레 문을 열었다. 아니나 다를까. 상현은 아랫목에 깔아둔 이불 속에 차렷 자세로 누워 곤히 잠들어 있었다. 윤옥은 상현의 작은 머리 아래에 낮은 베개를 밀어 넣었다. 입가에 흘러내린 침을 닦아주고 고른 숨소리를 내는 상현을 잠시 내려다보았다.

상현이 잘 자라줘서 고마웠다. 상현을 처음 집에 데려올 때는 알아들을 수 없을 정도로 말을 더듬어서 여러모로 걱정이었다. 상현은 또래 애들보다 병치레가 잦았고 편식이 심했다. 퇴근해서 집에 돌아오면 윤옥에게 엉겨 붙어 아무것도 할 수 없을 지경이었다. 윤옥은 엄마와 함께 상현을 키웠다. 처음에는 심란해하던 엄마도 상현을 마음으로 받아들였다.

힘들었던 기억은 1년 단위로 잊었고 상현이 주는 소소한 기쁨은 해가 갈수록 윤옥을 알차게 채웠다. 잡념에 사로잡혀 자신을 구덩이에 밀어 넣는 시간도 한결 줄어들었다. 윤옥을 향한 상현의 신뢰와 사랑은 작고 단단한 바위 같았다. 온전히 자신만 얻을 수 있는 사랑이었다. 이따금 상현을 자신에게 맡긴 수연에게 고마운 마음이 들기도 했다.

윤옥은 이불 속에서 낮게 코를 골며 깊고 평안한 잠을 누리는 상현을 내려다보았다. 상현은 아름다웠다. 칙칙한 자신의 영혼을 감싸는 눈부신 애정을 느끼며 윤옥은 조금 웃었다. 어느새 따스한 기운으로 충만해진 자신의 마음이 애틋했고 스스로가 자랑스러웠다.

윤옥은 조심스레 상현 옆에 누웠다. 상현과 한 이불 속에 들어가 있자 말할 수 없이 정겨운 기운이 윤옥의 몸을 감쌌다. 상현이 윤옥 쪽으로 몸을 돌리며 만족스러운 한숨을 내쉬었다. 상현의 긴 속눈썹이 예뻐서 윤옥은 속으로 '어쩜 이렇게' 하고 중얼거렸다. 서러운 기분과 함께 기쁨이 차올랐다. 무어라 명명하기 어려운 마음이었다. 모든 감정에는 이름이 있지만 그 감정들이 항상 이름대로 작동하는 것은 아니었다. 보드랍고 따뜻한 상현의 얼굴이 윤옥의 가슴팍에 닿았다. 윤옥은 그것이 그만 감격스러워 눈물이 돌 정도로 가슴이 아렸다.

상현이 윤옥의 품으로 파고들며 중얼거렸다.

"엄마."

윤옥은 뜨겁도록 놀랐다. 상현이 윤옥을 엄마라고 부른 것은 처음이었다. 착각으로 흘릴 말이 아니라는 직감이 너무도 분명했다. 눈가 근육이 뭉치면서 눈물이 차올랐다. 가슴 벅차도록 행복해지는 눈물이었다. 윤옥은 상현이 잠든 안방의 불을 끄고 조심스레 문을 닫았다. 한번 잠들면 어지간해서는 깨지 않는 상현이었으나 잠금장치에서 소리가 나지 않도록 신경을 썼다. 거실로 돌아와 잔잔한 음악을 틀고 보드랍게 마른 옷을 차곡차곡 개어 가지런히 쌓았다.

그때, 똑똑 현관문 두드리는 소리가 울렸다.

윤옥은 문을 돌아보았다.

찾아올 사람은 없었다. 윤옥은 음악을 끄고 현관으로 다가가 작은 소리로 말했다.

"누구세요?"

대답이 없었으나 문 건너편의 인기척은 분명했다. 순간, 몸이 경직되면서 직감이 뇌리를 스치고 지나갔다. 3년 전에 들었던 수연의 말이 떠올랐다.

언젠가는 데리러 갈게요.

오래도록 마음 한구석에 고여 있던 말이었다. 반 발짝 뒤로 물러났다. 문밖의 사람이 수연일 것 같았다. 윤옥이 이러지도 저러지도 못하고 문을 쳐다보고 있는데 문 두드리는 소리가 툭, 툭 두 번 울렸다. 윤옥은 흠칫 놀랐다. 못 들은 척할 수는 없었다. 무시할 수도 없었다. 윤옥은 숨을 가다듬고 표정을 정리한 뒤 문 손잡이를 돌렸다.

문 앞에 20대 후반의 수연이 서 있었다. 윤옥이 말없이 서 있는 것처럼 수연 또한 말이 없었다. 단발머리에 상아색 반코트 차림이었다. 윤옥은 수연을 찬찬히 바라보았다. 굳은 얼굴이기는 했으나 미안한 기색은 아니었다. 오랜 시간 밖에 서 있었는지 수연에게서 차가운 기운이 풍겼다.

수연의 시선이 현관에 놓인 신발을 훑었다. 현관에는 윤옥의 구두와 상현의 부츠가 전부였다. 수연은 상현의 신발을 확인하고 고동색 머플러를 올려 코끝까지 가렸다.

윤옥이 입을 열었다.

"오랜만이구나."

3년 전 놀이공원에서 만난 뒤로 처음이었다. 수연은 대꾸 대신 고개를 숙였다. 가만히 인사하는 모습에서 윤옥은 얼핏 고등학생 수연의 모습을 보았다. 수연이 눈을 내리깐 채 말했다.

"상현이는요?"

보고 가겠느냐는 말이 입에서 나오지 않았다.

"안방에서 자."

수연이 말했다.

"보고 싶어요."

"그럼, 물론이지. 당연하지. 어서 들어와."

그제야 윤옥은 자신이 문을 막듯이 서 있었다는 걸 알아차렸다. 윤옥은 현관 뒤로 물러섰고 수연은 신발을 벗고 거실로 들어왔다. 윤옥은 수연을 안방으로 안내했다. 윤옥의 앞을 지나쳐 가는 수연에게서 사과 향이 풍겼다. 수연은 문손잡이를 돌리고도 잠시 머뭇거렸다. 뜨거운 것에 손을 대는 것처럼 방문을 밀었다. 윤옥은 거실 벽에 등을 기대고 서서 천장을 쳐다보았다.

안방에서 들리던 거친 숨소리는 소리 죽여 흐느끼는 소리로 옮겨갔다. 윤옥은 수연이 우는 소리를 들으며 이를 악물었다. 수연이 어떤 마음일지 알 것 같았다. 얼마나 간절한지 알 것 같았다. 얼마나 아픈지 알 것 같았다. 그리고 두려웠다. 수연이 상현을 돌려달라고 할까 봐. 데려가고 싶다고 할까 봐. 상현을 빼앗길까 봐 두려웠다.

윤옥은 수연에게 좋을 일이 무엇인지 생각하려고 애썼다. 수연은 남편에게 결혼 전에 낳은 아이가 있다는 말을 하지 않았을 게 분명하다. 수연은 젊고 건강하니 곧 임신을 할 수 있을 것이다. 명희가 전해준 수연의 집안 경제 사정은 위태로웠다. 상현이 그 집에 들어가는 건 수연에게도 상현에게도 좋을 일이 아니다. 상현은 정훈의 자식이고 수연에게 그 일은 잊어야 좋을 과거다.

윤옥은 눈을 감고 생각을 끊었다. 더는 생각을 이어갈 수가 없었다. 수연에게 좋을 일을 생각하면서 상현을 지킬 이유를 열거하는 자신이 야비했기 때문이었다.

안방에서 낮게 흘러나오던 울음소리가 그쳤다. 컴컴한 정적이 이어졌다. 아마도 수연은 갈등하고 있을 것이었다. 고민하고 있을 것이었다. 윤옥은 자신 또한 소리 죽여 울고 있음을 알아차렸다. 숨이 딸꾹질하는 것처럼 올라왔고 무력한 공포가 영혼을 사로잡는 듯했다. 윤옥은 두 손으로 입을 가리고 물기로 흐릿해진 눈을 들어 베란다 창밖으로 시선을 돌렸다. 눈이, 하얀 눈이, 서럽도록 하얀 눈이 내리고 있었다.

방문 닫히는 소리가 들렸다. 윤옥은 옷소매로 황급히 얼굴을 닦았다. 숨을 삼키고 감정을 삼켰다. 마음을 추스르며 안방 쪽으로 몸을 돌리는데 수연과 눈이 마주쳤다.

윤옥은 눈을 내리깔고 목멘 소리로 말했다.

"많이 컸지?"

"선생님."

"응?" 하며 윤옥은 수연을 쳐다보았다. 수연은 눈을 홉뜨고 윤옥을 쳐다보고 있었다. 윤옥의 표정이 수연의 눈으로 빨려 들어가는 것 같았다. 윤옥은 수연의 눈길을 피했다. 수연의 눈에 서린 폭발하는 감정을 감당할 수가 없었다. 윤옥의 마음을 수연이 알아버렸다는 직감이 너무도 분명했다. 수연은 냉정한 투로 말을 뱉었다.

"안녕히 계세요."

순간 머리털이 곤두서는 듯했다. 수연이 떠나가고 있었다. 또다시 자신에게서. 신발 신는 소리가 들렸고 문 닫히는 소리가 들렸다. 계단을 내려가는 걸음 소리가 불규칙했다.

윤옥은 고개를 도리질하면서 뇌까렸다.

"안 돼. 이건 아냐."

윤옥은 정신없이 문을 열고 빠른 속도로 계단을 내려와 빌라 밖으로 나갔다. 수연이 보이지 않았다. 사방은 눈에 덮여 온통 하얀색이었다. 퍼붓는 눈 때문에 눈을 제대로 뜨기도 어려웠다. 빌라 현관 앞에 떨어진 고동색 머플러를 집어 드는데 저 아래 골목을 돌아가 사라지는 수연의 상아색 코트 자락이 보였다.

"수연아! 수연아!"

연거푸 수연을 부르는 윤옥의 목소리가 거칠게 갈라졌다. 윤옥은 빠른 걸음으로 걸어가는 수연의 뒤를 쫓았다. 골목 끝에는 작은 공원이 있었다. 눈에 덮인 시소와 그네, 구름사다리가 눈에 들어왔다. 수연은 공원 한복판에 서서 미동도 하지 않았다.

윤옥은 수연을 붙잡듯이 소리쳤다.

"상현이 내가 키울게!"

일순간 세상이 정적에 잠긴 듯했다. 수연은 윤옥을 돌아보지 않았다. 윤옥은 수연에게 더듬더듬 다가가며 울먹이는 목소리로 말했다.

"내가 잘할게. 정말 잘할게."

수연은 하늘을 올려다보았다. 늘어뜨린 두 팔 끝에 꼭 쥔 주먹은 하얗게 질려 있었다. 수연은 주먹을 들고 자신의 가슴을 툭, 툭 두드리며 흐느끼다가 허물어지듯 쪼그려 앉았다. 들어본 적 있는 소리였다. 지호를 떠나보낼 때 엄마가 흘렸던 소리였다. 윤옥은 눈 쌓인 놀이터로 들어가 수연 옆에 무릎을 꿇고 앉았다. 조심스레 손을 뻗어 수연의 어깨에 손을 댔다. 윤옥의 손길을 느꼈을 텐데도 수연은 거부하지 않았다. 도망치지 않았다. 딱딱해지지도, 새침한 얼굴로 차가운 말을 내뱉지도 않았다. 윤옥은 수연을 조심스레 끌어안았다. 오래전 상담실에서의 기억이 떠올랐다. 수연의 꽁치김치찌개와 이곳이 자신의 세계라고 말하던 수연의 충만한 얼굴이 생각났다. 윤옥은 더는 견딜 수 없어 울음을 터트리고 말았다. 수연도 흐느끼며 울기 시작했다.

윤옥과 수연은 서로를 부둥켜안고 울었다. 수연의 울음소리가 길고 높게 이어졌다. 있는 힘을 다해 자신의 모든 것을 쏟아내는 울음이었다. 윤옥을 끌어안은 수연의 가는 팔은 애절하고 절박했다. 수연의 몸이 뜨거웠다. 윤옥의 팔뚝이 수연의 눈물로 축축해졌다. 수연은 울면서 말했다.

너무 힘들었어요.

사는 게 너무 힘들어요.

버티는 것도 힘겨워요.

죄송해요.

고마워요.

저도 살아볼 거예요.

죽어버리지 않을 거예요.

끝나지 않을 거예요.

이겨낼 거예요.

죽을 때까지 살아갈 거예요.

윤옥은 눈을 떴다. 눈가가 축축했다. 깊은 밤이었다.

수연은 잘 있을까. 상현은 잘 있을까. 윤옥은 두 사람을 생각했다. 다시 잠을 청했으나 결국 잠은 오지 않았다.

윤옥은 문을 열고 거실로 나갔다. 상현이 없는 방에 잠시 눈을 주었다. 컴컴한 거실을 가로질러 베란다 앞에 섰고 눈이 내리는 창밖을 바라보았다. 고요한 밤이었다. 유리창에 비친 예순한 살의 그가 윤옥을 잔잔한 시선으로 마주 봐주었다. 윤옥은 늙어버린 자신의 얼굴과 그에 어울리는 쓸쓸한 표정이 마음에 들었다.

누군가와 함께 있고 싶었다. 보고 싶은 얼굴들이 두드리듯 치고 올라왔다. 오랜만에 느껴보는 외로움이었다. 엄마는 제주도에서 지호들과 함께 이 밤을 보내고 계실 터였다. 수연이 보고 싶었다. 언젠가는 상현에게 엄마 얘기를 해줘야 할 터였다.

홀로 있던 텅 빈 교실이 생각났다. 정년퇴임이 머지않았다. 내년에는 수업보다는 학생들과의 관계에 더 많은 정성을 들이고 싶었다. 건강이 허락한다면 야학을 찾아가 가르치는 일을 이어갈 수 있을지도 몰랐다. 이렇게 일흔을 맞을 것이고 여든이 될 것이었다. 언젠가는 엄마의 죽음을 겪어야 할 것이었다. 그리고 윤옥 자신 또한 죽음으로 접어드는 길에 들어서게 될 터였다. 일어날 일은 일어나게 되어 있으니 언젠가는 어떤 형태로든 오고 말 죽음을 두려워하며 살고 싶지 않았다. 고통을 겪으며 죽어야 하거나 갑작스러운 사고로 죽음을 맞이할 수도 있겠으나, 죽음의 순간이 오면 조용히 읊조리고 싶었다. 드디어 왔구나, 하고.

해야 할 일이 많았다.

심장 언저리가 들끓는 것 같았다. 부르릉 소리와 함께 시동이 걸리는 것 같았다. 생의 의지가 아래로부터 올라왔고 가슴이 부풀어 올랐다. 언제고 삶을 마감할 때가 오겠으나 그때까지는 살아가는 일에 최선을 다하고 싶었다. 죽음이 찾아오면 그것대로 받아들이고 싶었다. 자신의 세계를 가꾸며 하루의 시간을 채우고 싶었다. 더 많이 사랑하고 더 많이 친절하고 더 많이 행복하고 싶었다. 뜬금없이 운명이라는 단어가 생각났다. 자신의 지난 삶을 돌아보며, 언젠가 찾아올 죽음을 생각하며, 윤옥은 서서히 차오르는 적의를 느꼈다.

윤옥은 부풀어 오르는 숨을 가다듬으며 김이 부옇게 서린 창밖에 시선을 주었다.

녹은 눈이 얼어붙은 도로에 새 눈이 쌓이고 있었다. 창 아래로 어린 시절에 살았던 인천 산동네의 눈 덮인 좁은 골목이 어른거렸다. 지호를 보내던 날 엄마와 함께 서 있던 집 앞 풍경이었다. 엄마가 윤옥의 손을 잡았는지, 윤옥이 엄마의 손을 잡았는지 기억이 분명하지 않았다.

윤옥은 걷고 싶었다. 하얀 눈이 쌓이는 길을 걷고 싶었다. 저 길을 걸으면 그날의 일들이 안타까운 추억처럼 가슴에 차오를 것 같았다. 윤옥은 눈 덮인 길을 바라보며 가만히 미소 지었다. 그날, 지호가 자신을 향해 건넸던 말이 귓가에서 들리는 듯했다.

윤옥은 온전한 지호의 목소리를 상상하며 소리 내어 말했다.

"누나, 안녕."

심사평

제13회 혼불문학상은 심사 과정에 새로운 변화를 두었다. 예심 심사를 통과한 작품들만을 대상으로 본심을 열어 최종 수상작을 선정했던 예년과 달리 7인의 본심 위원이 응모된 모든 작품들을 겹쳐 읽고 저마다 선정한 몇 편의 수작들을 그러모아 토의와 숙고를 통해 수상작을 정하는 방식이다. 응모작들의 전체를 조망하는 오랜 과정을 통해 심사위원들은 우리 소설의 가능성과 다양성을 새롭게 발견할 수 있었다.

서로의 독법을 톺아보며 의견을 좁힌 작품은 『톨스토이 씨에게 미안한 말이지만』, 『오후 다섯 시 십팔 분, 종소리』, 『지켜야 할 세계』이상 총 세 편이다.

『톨스토이 씨에게 미안한 말이지만』은 이야기를 이끌어나가
는 힘이 상당했다. 주인공의 심리적 국면과 그 변화를 에피소드
로 녹여내는 능력도 돋보였다. 다만 이야기의 큰 틀을 이루고 있
는 '자아 찾기'의 방법이 주로 타자를 비객관화하는 것으로 이루
어지고 있다는 점이 아쉬웠다. 소설 속 인물들과의 관계를 더 필
연적으로 구성할 수 있다면 한층 일보된 작품들을 만들어낼 거
라는 기대도 함께였음을 밝혀둔다.

『오후 다섯 시 십팔 분, 종소리』는 1980년 광주를 되돌아보는
방식으로 전개된다. 상흔과 현재적 함의가 큰 역사적 사건을 등
장시키면서도 이에 함몰되지 않고 자기만의 방식으로 그 세계를
재구성하는 면모가 인상적이었다. 다중 화자를 내세워 하나의
진실을 좇아가는 과정에서 1980년 광주에서는 물론 기억과 기
록에서도 상대적으로 소외된 '황금동 여성'이 등장한다. 이 지점
이 작품의 미더움을 더했지만 동시에 다른 한편으로는 하나의
요소로만 머물게 하지 않고 이야기 전면으로 흘렀으면 하는 아
쉬움도 있었다.

『지켜야 할 세계』를 제13회 혼불문학상의 당선작으로 정한다. 한 가족의 불우한 서사와 불온이라 낙인찍혔던 노동운동사가 함께 맞물려 있는 작품이다. 인간관계 속에서 끊임없이 변주되는 '돌봄'의 방식을 유려한 세목과 안정감 있는 문장으로 구현해 내는 한편, 존재와 공존하는 죄의식이 삶의 어떤 태도로 발현되는지 그리고 결국 그것이 얼마나 낯선 국면을 맞닥뜨리게 하는지를 끈질기게 탐구한다. 매끄러운 서사의 흐름 속에서도 중간중간 읽는 이의 시간을 정지시킬 만큼 감동적이고 울림이 큰 대목들도 많았다. 특히 작품 후반부, 주인공 어머니가 적은 편지 속 내용은 오랜 시간 숨겨왔던 비의(祕意)와 뒤늦은 화해가 이루어지는 슬픔의 비의(悲意)가 한데 뒤섞이며 작품 전체를 조망한다. 지나칠 정도로 강직한, 그리하여 다소 평면적으로 그려지는 주인공 인물의 설정이 아쉬웠지만 지난한 시간을 돌파해 나가는 데 따르는 일이라 이해되기도 했다.

당선작은 물론 응모된 여러 작품을 읽으며 소설, 그것도 장편의 방식으로만 가닿을 수 있는 세계가 있음을 다시 한번 확인한다. 부디 이 세계가 우리 모두의 삶을 더 넓혀주길 바란다.

심사위원 은희경 전성태 이기호 편혜영 백가흠 최진영 박준

49일

『지켜야 할 세계』는 2016년에 쓰기 시작한 소설이었다. 당시 나는 갓 등단한 신인이었고 여러모로 어중간한 소설가였다. 들어서 알고는 있었지만 소설가로 살아남는 게 생각보다 더 어려웠다. 글러브를 끼고 넓지도 않은 링 위에 올라와 보니 곰도 있고 호랑이도 있고 저쪽 어딘가에 공룡도 있고, 공룡 너머 안개 속에 킹콩도 있는 그런 판국이었다. 내가 다람쥐나 너구리 정도의 처지라는 걸 깨닫는 데는 오랜 시간이 걸리지 않았다.

또다시 무언가를 넘어야 하는 상황이 되어버렸다는 생각에 한숨을 내쉬고 있을 때, 누군가의 소개로 존 윌리엄스의 장편소설 『스토너』를 읽었다. 조용히 세상을 떠난 한 남자의 일생을 담아낸 소설이었다. 짬 날 때마다 조금씩 읽어가다가 후반부에 이르러서는 읽느라 밤을 새웠다. 다 읽고 나서 감탄했고 내 삶을 생각했고 소설을 생각했다. 며칠 뒤, 버스에 앉아 겨울비로 반질거리는 밤길을 바라보며 집으로 돌아가는데 속삭이는 소리처럼 작은 욕망이 올라왔다.

'나도 『스토너』와 같은 소설을 써보고 싶어.'

그것이 『지켜야 할 세계』의 시작이었다.

『지켜야 할 세계』는 내가 완성한 첫 장편소설이었다. 이 소설을 세상에 내보내고 싶었으나 받아주는 데가 없었다. 공모전에 수십 번 투고했고 몇 번을 제외하고는 본심에도 오르지 못하고 떨어졌다. 출판사에 투고한 결과도 마찬가지였다. 처음에는 속상하고 서운하고 화도 났는데 한 해 한 해 지날 때마다 원고를 보는 내 시선이 달라졌다. 투고 당시에는 그럴싸하다고 생각했던 원고가 다시 보면 늘 부족했다. 그럴 때마다 나는 수정에 수정을 거듭했다.

『지켜야 할 세계』는 부수고 다시 쓰기를 반복해가며 조금씩 나아졌다. 이 소설은 지금의 두 배 분량이었던 때가 있었고 주인공이 여자가 아닌 남자였던 때도 있었으며 중년의 교수와 주인공의 연인이 비중 있는 등장인물로 서사를 주도했던 시기도 있었다. 주인공이 공업고등학교에서 일한 에피소드가 길게 이어지기도 했고 지금의 프롤로그가 아예 없었던 때도 있었다. 작년에도 고친 원고를 출판사 세 곳에 투고했으나 돌아온 건 반려 통보였다. 너무 오랫동안 들여다보아서 소설의 어떤 맥락에서도 감흥이 느껴지지 않았지만 포기할 수는 없었다. 이대로는 안 된다는 생각에 다시 고쳐 혼불문학상에 응모했다.

당선 통보를 받았을 때 가장 먼저 떠오른 건 우체국이었다. 두툼한 원고 뭉치를 넣은 누런 사각봉투를 우체국 직원에게 건네며, "빠른 등기로 해주세요"라고 말하는 일을 더는 하지 않아도 된다는 생각이 들자 속에 맺힌 무언가가 풀어지는 듯 했다. 그동안 고쳐왔던 수많은 버전의 『지켜야 할 세계』를 생각했다. 버린 장면들 중 아쉬운 것들이 있기는 했으나 지금이 가장 낫다는 느낌은 분명했다. 그러나 출간 계약을 한 뒤 다시 보니 아니나 다를까, 불안했다. 이 소설이 정말로 좋다는 판단이 서지 않았다.

한 번 더 수정하기로 마음먹었다. 출간일까지 시간이 촉박했다. 밀려 있는 다른 원고 작업도 있었으나 『지켜야 할 세계』의 마지막 수정보다 중요한 건 없었다. 갑작스레 세상을 떠난 한 국어교사의 지난 삶을 다룬 작품이었다. 교육과 장애를 소재로 삼은 소설이었다. 초등교사이자 장애가 있는 딸의 아빠인 나로서는 가장 잘 완성하고 싶은 작품이었다. 출간이 보장된 수정 작업이었으니 힘든 일도 아니었다.

그리고 7월 18일이 왔다.

퇴근 뒤에 집에 돌아와 저녁을 준비하다가 우리 학교 근처의 한 초등학교에서 여자 선생님이 스스로 세상을 떠났다는 이야기를 들었다. 수군거리는 느낌으로 전해져 온 소식이었다. 악성 민원이 원인이었다는 소문이 들렸다. 그 선생님이 2년 차 교사라는 말에 일이 손에 잡히지 않았다. 젊은 교사가 학교에서 세상을 떠났는데 어쩌면 기사 한 줄 없을까 싶어 포털사이트에서 뉴스를 여러 번 검색해 보기도 했다. 다음 날 밤, 작은 기사가 떴고 여러 언론사들이 앞다투어 보도하기 시작했으며 전국에서 보낸 근조화환이 서이초의 정문과 울타리에 겹겹이 놓였다.

서이초 그 선생님의 일은 교사 집단의 애도와 공분을 불러일으켰다. 일곱 차례의 교사 집회가 이어졌다. 1차 때 5000여 명이었던 집회 참여 인원수는 3만여 명, 4만여 명, 6만여 명으로 늘어났다. 30여 년 전에는 학생의 자살로 교사들이 모였고 지금은 교사의 자살로 교사들이 모이는 형국이었다. 49재 날이었던 9월 4일에 교사들이 파업할 조짐을 보이자 교육부는 파업에 참여하는 교사는 해임, 파면, 형사 고발될 수 있다고 했다. 서울과 전북에서 6학년 담임교사 두 분이 잇달아 자살하는 일과 교육부의 겁박이 겹쳤고 9월 2일 여의도에는 수십만의 교사들이 운집했다. 여의도에 모인 교사들은 같은 마음으로 애도하고 교권 확립을 요구하는 하나의 목소리를 냈다. 모두 49일 사이에 일어난 일이었다.

그 49일의 시간이 나는 힘들었다. 마지막 수정을 하면서 『지켜야 할 세계』의 프롤로그에 박힌 윤옥의 죽음을 마음에 담고 살던 시기였다. 그 와중에 서이초 그 선생님의 죽음이 닥쳐들었고 한 웹툰 작가의 아이에 관한 일이 언론에 오르내렸다. 그 기사는 기사대로 안타까웠으나 기사에 달린 댓글과 조회수를 노린 것으로 보이는 자극적인 기사 제목은 심란하기 이를 데 없었다. 소설과 현실이 마구잡이로 뒤엉키는 듯했다.

9월 2일 7차 집회에서 추모사 낭독을 맡게 된 것은 이 모든 일의 정점이었다. 추모사를 쓰는 일은 예상했던 것보다 더 힘들었다. 내게 추모사를 써보지 않겠느냐고 권했던 한 선배는 나의 역할이 '말로 표현되지 않는 선생님들의 슬프고 기가 막힌 마음을 정확히 드러내는 것'이라고 했다. 글을 쓰는 과정 내내 압정처럼 그 말이 밟혔다. 악화되어 가는 어머니의 건강 문제도 심각했다. 마지막 수정을 하는 내내 죽음이 내 어깨 위에 도사리고 앉아 세상을 어둡게 만드는 듯했다. 감당하기 벅찼기 때문인지 9월 2일 추모사를 낭독하는 날 아침에는 이석증과 몸살감기로 침대에서 내려오기도 힘들었다. 나는 침대에 누워 눈을 감고 서이초 그 선생님을 떠올리며 마음속으로 속삭였다. 이 추모사를 당신이 원치 않는다면 국회 앞으로 가는 길에 다리라도 부러뜨려 달라고.

9월 4일이 되었다. 나는 무사히 추모사 낭독을 마쳤다. 『지켜야 할 세계』의 마지막 수정도 마무리되어 갔다. 교육부 장관은 9월 4일 밤 11시를 조금 넘긴 시각, 파업에 참여한 교사들을 징계하는 일은 없을 거라는 문자 메시지를 기자단에 보냈다. 교권확립을 위한 대책을 마련하겠다고 했다. 역사의 한 페이지가 파락, 하는 소리를 내며 넘어가는 것 같았다. 나는 그 뉴스를 동료 교사들의 단체 채팅방에 올린 뒤 밖으로 나가 밤하늘을 올려다보았다. 하늘에는 희고 푸른 달이 떠 있었다. 구름 하나 없는 밝은 밤이었다.

잘됐다. 다행이다, 하는 생각이 수그러들 즈음, 서이초의 그 선생님이 생각났고 눈물이 났다. 시간을 거스를 수 있다면, 7월 18일로 돌아갈 수 있다면, 서이초로 찾아가고 싶었다. 보도블록을 파내어 현관 유리문을 부수고 상상으로 떠올렸던 어둑한 교실로 달려 들어가 홀로 앉아 있었을 그 선생님을 향해 소리치고 싶었다. 지금 뭐 하는 거냐고, 죽지 말라고, 이 밤을 버텨내면 아침이 찾아올 것이라고 말하고 싶었다. 근조화환으로 에워싸인 서이초의 풍경은 하나도 아름답지 않았다고 말하고 싶었다. 알록달록한 편지지로 뒤덮인 벽과 기둥보다 당신의 맑은 웃음이 더 찬란

할 거라고 말하고 싶었다.

　추모사를 쓰는 동안 여러 번 울었으나 그날의 눈물은 달랐다. 떠나보내는 눈물이었다. 밝은 달을 올려다보며, 나는 "잘 가시게" 하고 중얼거렸다. 한참 만에 마음이 가라앉았고 소설의 윤옥을 생각하며 "잘했어요"라고 나직이 말했다. 내가 무엇을 썼는가 되짚어 생각하는데 정체를 알 수 없는 또렷한 감정이 가슴 밑바닥에서 촛불처럼 피어올랐다. 그것은 확신이었다. 소설을 부수고 다시 짓기를 반복했던 지난 7년 동안 한 번도 찾아들지 않았던 이 소설에 대한 확신이, 49일의 시간이 지나간 뒤에야 부드러운 손을 내밀 듯이 내게 찾아들었다. 나는 그 손을 잡았다. 더는 의심하고 싶지 않았다. 『지켜야 할 세계』는 죽음의 순간까지 담담히 삶의 길을 걸어왔던 한 사람의 이야기였다.

　마지막 수정도 끝났다.
　7년을 함께했던 이 소설을 이제 세상에 내보낸다.
　부디 사람을 살리는 소설이 되기를 빈다.

2023년 9월
문경민

제13회 혼불문학상 수상작

지켜야 할 세계

초판 1쇄 발행 2023년 10월 6일
초판 4쇄 발행 2023년 12월 4일

지은이 문경민
펴낸이 김선식

경영총괄 김은영
콘텐츠사업2본부장 박현미
책임편집 한나래 **책임마케터** 박태준
콘텐츠사업6팀장 임경섭 **콘텐츠사업6팀** 한나래, 임고운, 정명희
편집관리팀 조세현, 백설희 **저작권팀** 한승빈, 이슬, 윤제희
마케팅본부장 권장규 **마케팅4팀** 박태준, 문서희
미디어홍보본부장 정명찬 **영상디자인파트** 박장미, 김은지, 이소영
브랜드관리팀 안지혜, 오수미, 문윤정, 이예주
지식교양팀 이수인, 염아라, 김혜원, 석찬미, 백지은
크리에이티브팀 임유나, 박지수, 변승주, 김화정, 장세진
뉴미디어팀 김민정, 이지은, 홍수경, 서가을
재무관리팀 하미선, 윤이경, 김재경, 이보람, 박성완
인사총무팀 강미숙, 김혜진, 지석배, 황종원
제작관리팀 이소현, 최완규, 이지우, 김소영, 김진경, 박예찬
물류관리팀 김형기, 김선진, 한유현, 전태환, 전태연, 양문현, 최창우, 이민운
외부스태프 교정교열 유혜림 표지 및 본문 디자인 이효진

펴낸곳 다산북스 **출판등록** 2005년 12월 23일 제313-2005-00277호
주소 경기도 파주시 회동길490 **전화** 02-704-1724 **팩스** 02-703-2219 **이메일** dasanbooks@dasanbooks.com
홈페이지 www.dasan.group **블로그** blog.naver.com/dasan_books
용지 신승INC **인쇄 및 제본** 한영문화사 **코팅 및 후가공** 제이오엘앤피

ISBN 979-11-306-4635-0 03810